imaginist

想象另一种可能

理
想
国
imaginist

现象

[日] 杉本博司 著
林叶 译

北京日报出版社

目录

004 | 中文版序

009 | 神成为佛之时
024 | 停止吧，时间（一）
038 | 停止吧，时间（二）
058 | 本歌取
075 | 狐眼女子
090 | 临刑者小曲
111 | 应有的样子
130 | 无尽的黑暗
148 | 母 亲
164 | 利休·现代

183 | 连载结束

中文版序

非常高兴我的随笔集《现象》继《直到长出青苔》与《艺术的起源》之后在中国内地出版发行。中日两国的关系在漫长的历史长河中不断流变发展，那么也允许我先以个人的视角来回顾一下悠久的中日历史。

大约在两万多年前，地球正处在最后一次冰期的最寒冷时期，海平面比现在要低二十米左右。那个时候，欧亚大陆的东端延伸出一个半岛，大陆人差不多就是在这个时期来到这个半岛。很快，地球进入间冰期，气候逐渐变暖，海水开始从海峡流入，这个半岛就成为一座独立的海岛。于是，这座海岛就陷入了孤立状态。年轻的时候，我离开这座岛国去环游世界，我注意到了一个现象。这座海岛的自然资源特别丰富，环境变化万千，山里面有各种各样的果实，海边是海产品的宝库。这座海岛在新石器时代，绝对比世界上的其他地域更适合生活。海岛上的人将自然当作神灵来崇拜，在生活中研习与神灵沟通的技术。然而，大陆上却产生了如何让严酷的自然遵从人类意志的技术，这就是世界四大古文明之一的中国文明。他们砍掉自然中的森林，改造成耕地，把动物驯化成家畜，并掌握了栽培植物的技术。同样的事情也发生在埃及、美索不达米亚、印度恒河流域。中国的稻作技术流传到这座海岛上，大约是在三千年以前。从那个时候开始，这个岛国才意识到世界的存在。又过了一千数百年，隋唐的律令制与佛教一起传入这个岛国。佛教是经由朝鲜半岛的百济传入的，那些前所未见的、金光闪闪的金铜佛像让这座海岛上的人震惊了。于是，很快就模仿唐朝的都城长安建造了平城京奈良。不过，他们对律令制这种制度还是进行了取舍，舍弃了宫廷里的宦官制度，但接受了科举制度，而且至今仍然将其作为日本的官僚制度。然而，不久之后，这个国家就关上了国门，废止遣唐使，停止朝贡。在九世纪到十四世纪初的第一次锁国时代里，这个岛国对中国文明进行了脱胎换骨的尝试。打破汉字结构发明了假名，形成了寝殿造这种宫殿风格，佛教寺院则变成了现在平等院凤凰堂那种样式。尽管正式的外交往来断绝了，但是禅宗却在那个时期从大陆传到了日本。因为发生了令人震惊的巨变，汉民族统治的宋朝遭到蒙古人的侵略，很多禅僧逃亡到这个岛国，将禅的法灯带到了这里。

在地球的另一端，四大文明中的埃及、美索不达米亚文明为希腊罗马文明所继承。而那时候，好不容易通过伊斯兰国家继承了希腊罗马文明的欧洲，已经迎来了大航海时代，向东方进发。五百多年前，枪与基督教传到了这座海岛。眨眼之间，基督教就在这座海岛上传播开来，最鼎盛时期信徒人数超过了二十万。然而，基督教后来遭到当时的执政者丰臣秀吉的禁止。接着，德川幕府再一次实行闭关锁国的政策。而明朝则因丰臣秀吉进攻朝鲜而发兵援朝，这场战争之后几十年，便为清朝取而代之。在那个时候，欧洲已经开始侵略亚洲了。所谓文明的抗争，其实就是价值观的抗争。锁国状态下的岛国通过荷兰这个唯一的沟通渠道得知了鸦片战争中清朝的苦境之后，发布了警戒命令；然后，美国就乘着黑船来了；再然后，就打开国门，接受西方文明。就像在唐朝那个时代积极引进中国文明一样，那个时候这座岛国也用了同样的方法来对待西方文明，采取"只接受喜欢的部分而拒绝其他不喜欢的部分"的策略，完成了明治维新。当时的口号就是"和魂洋才"，落后的王政复古成为应对近代化的一种策略。当初正是依靠天皇制才成功引进了唐朝的制度，这一次，也是利用了天皇制。这个岛国迅速地发生改变，到了1900年，便加入支持镇压义和团的欧洲列强的队伍之中。在世界四大文明里面，古埃及文明已经消亡，美索不达米亚文明也成为昔日传说，可中华文明却绵延不绝地延续到了今天。这样的自强与自尊让中华文明在任何蛮族的侵略中生存下来。辛亥革命是中国走向现代化的第一步。日本战败后，在中国取得胜利的，是十九世纪便已洞察资本主义弊害的马克思所建立的共产主义思想。后来，脱离了苏联的世界革命路线，冷战时代终结，中国又出人意料地成功转型。不，这不是转型，而是重新回归中华文明本身。

在中国历史中，不论是哪一个时代，所贯彻的都是实用主义。我觉得，在现在这个时代，能在实用的基础上将市场经济与共产主义理想完美结合起来的，就只有中华民族了。

十一面观音立像

高 107.5 厘米｜平安时代

神成为佛之时

到了这个年纪我才意识到必须思考一个问题——佛对我而言究竟意味着什么？之所以有这样的想法，是因为我手中这尊被认为是平安时代（794—1192）中期的十一面观音立像。至今为止，我也买了好多佛像及神像，但是，都是些巴掌大的小金铜佛，放在壁龛里，看上去整个空间充满了庄严的紧张感。我把它们当作所谓的艺术品来观赏，并将它们当成我艺术创作中不可或缺的力量源泉，对神佛而言这可能是不敬的做法，可对我而言它们毕竟是我买的古美术品。然而，这一次的情况有点不同，这与它是一尊一米多高的大型神像有关吧，而它最大的特征是：尽管只是一尊十一面的观音像，可其营造出来的氛围却极其神圣庄严。当我将这尊观音像供于家中壁龛上时，我感觉出现了一个与之前完全不同的气场，这里简直就变成了一间佛堂，其中完全没有我的位置。这尊观音像所放射出来的力量，普照空间里的每一个角落。

这尊观音像与人类一样，横亘千年而流传至今。它曾被供奉在崇尚山岳信仰的深山寺庙之中，身上承载了无数祈愿。让我难以想象的是，它从一个承受信仰的载体变成了现在这个样子。日本到了明治时代（1868—1912），就开始拒绝一切神佛，这尊观音像就被毁佛废释的浪潮所吞没，被赶出了寺庙，最终辗转到了我的手中。

说起这类佛像的渊源，就像椰子从遥远的岛屿漂流而来一样有趣。事实上我曾好几次亲眼见过这类被称为"流佛"的佛像。在庆应三年（1867）开始筹划的明治元年（1868）王政复古中，发布了一系列行政措施，其中就有神佛分离令这类日本宗教史中臭名昭著的暴行。为了重新拥戴早已被一般庶民所遗忘的天皇，宣传新的天皇制度，那些国学家、儒学家提出了极其反动、极端复古的思想，之后便是所谓的日本现代化历程，即被称为明治维新的改革。革命总是伴随着破坏，正所谓"恨屋及乌"，各地的佛教寺院也就相继遭到破坏，这些自古以来作为祈祷对象受到崇拜的佛像，有的遭到焚烧，有的被扔到了河里，或者是被心存信仰之人埋藏在地底。被焚烧的佛像归于灰烬，而那些被扔到河里的佛像，在下游被捞起的时候，很多往往都已经手足残缺、璎珞全无，也有一些佛像的尊颜被水流消磨溶解，还有一些佛像则仅存着一丝隐约的微笑。这类佛像就被称为流佛。当然，很多佛像并没有被人捞起，而是直接流入了大海，踏上了永无尽头的旅途，如碎藻一般，消失于尘世。

在之前的文章中，我写到过我年轻时在纽约一边从事艺术工作一边兼做古董生意的经历。从日本越洋送至我手中的，也有一些这样的流佛，当初经我之手，为很多古美术品与佛像找到了新的去处。古董商人的经验让我增长了很多见识，特别是可以通过古美术品与纽约的艺术家进行交流，那是非常愉快的事情。当时，极简主义泰斗唐纳德·贾德就对室町时代（1336—1573）的根来漆器非常感兴趣。朱红色的颜料下透着黑漆，这种抽象的样式与简约的风格，让人很容易联想到与他的作品共通的美感。贾德的朋友丹·弗拉文也是如此，他是用荧光灯进行空间塑造的先驱，而他的这一创作灵感，则是受日本陶艺所启发。日本陶艺通过人工上釉，使陶器散发出自然色彩，在这个过程中，既保留了光线的偶然性，又控制了自然釉彩的流动性，这被认为是弗拉文的作品与日本陶艺的共通之处。

二十世纪八十年代，继极简主义之后，出现了表现主义绘画的复兴。有一天，弗朗西斯科·克莱门特突然登门造访，当时他还只是一名不为人知的画家，他看中了室町时代特殊的密教佛像——欢喜天像。这种象征男女交合、二体相抱的象头人身像，是印度教的神，后来被佛教吸收。镰仓时代（1192—1333），日本的阴阳道与密教结合创立了真言宗立川流。这个现在已不为人所知的宗教，将天地万物与真言一起分成了金刚界、胎藏界两部，宣扬的是男女交欢即身成佛的秘术。也许是因为行为过激，抑或是有邪教性质，怪异的缘故，这个教派遭到了批判，到江户时代（1603—1867）便消亡了。这尊大概是放在施行秘术的地方受人祈祷的神像，对那些无法抑制过激表现的年轻艺术家而言，总是有着难以阻挡的诱惑，后来我看了他绘画上的发展，就知道印度教对他影响至深。

某一天，我在福井的一家小古董店里发现了一尊严重残缺的佛像，这尊流佛左侧面部的三分之一左右已经破裂丢失，像被人斜肩砍了一刀似的，从肩部裂到了背部，仅存胸部与面部。这是一尊坐像还是立像已经不得而知了。我像扶一个无法站立的重病之人似的，给它安了一个支架，带回纽约。不久，纽约一位有名的大富翁便将它买走，他让我将这尊佛像送至他位于纽约东区的家中。次日，我便捧着这尊佛像到了他家。等待我的是一个令人震惊的空间，这巨大空间的正中央，一乘华丽的、雕有葵纹章的大名驾笼放置在一幅江户时代的金屏风前，奇妙的是，居然还很协调。而在那后面，毫无章法地摆放着古希腊、古罗马、犍陀罗、古埃及的雕刻。这让我想起了十九世纪的殖民主义，同时也勾起了我的一种奇妙的视觉记忆，我记得整顿前的日本情人旅馆中那些过激的内装与错误的尺度就充满了类似的气氛。我很犹豫是否应该将这尊佛像安置在这里，可是这已经无法挽回了。大约半年之后，我在报纸上看到了这位大富翁的死讯。我总觉得，得到这尊流佛的大富翁之死，与当年佩里的黑船到了日本便引发废佛毁释浪潮，这两件事情之间，难说没有什么因果关系吧。

纽约这种地方，不仅是流佛的归宿，也是很多流浪者的归宿，首先想到的应该是被称为艺术家的这类人吧，可其实也有很多宗教信徒。当时有一位身着墨色僧衣，不知是劝化僧还是托钵僧的和尚，偶尔会到我家中拜佛，他声称自己是在高野山修行过的密教僧人。我和他说了那些关于流佛的事情之后，他便告诉我，要将佛像当成艺术品的话，需要做一个仪式，将佛的灵魂从佛像中抽离才行。于是，他将我家里的一个藤原时代（约十至十一世纪）的地藏菩萨像和几尊石佛集中在一起，庄严地焚香、结印、诵经，做起了法事。可我心里总觉得七上八下的，也许，佛像里的魂魄真的被他抽离了吧。我心里想着"真是一个不让人省心的家伙"，给了他点钱打发他走了。

又有一天，远处传来有节奏地击打太鼓的声音，一位僧人，身穿黄色袈裟，手敲圆扇太鼓，口诵"南无妙法莲华经"走了过来。他在我家地藏菩萨像前特别大声地诵经。一打听，说是为了在印度修建佛塔而化缘的。他来自日本山妙法寺，而这日本山妙法寺是战前由藤井日达在中国东北创立的一个宗教集团。后来受甘地的非暴力不合作运动的影响，成为某种激进日莲主义者的集团。日莲主义者中，我感兴趣的人有很多，如宫泽贤治[1]、北一辉[2]、石原莞尔[3]。镰仓时代的日莲宗倡导立正安国论，呼吁警惕亡国的危机意识，这种心情与战前日本的政治状况有很多相似之处。与这位年轻的日莲主义者聊完这些以后，再来的就是奎师那[4]教的年轻教众，他们载歌载舞地在街上游行。这让我不由得想起倡导踊念佛的一遍上人[5]。那个时候的纽约，让我觉得简直就是日本镰仓新兴佛教时代的再现。

那时候我的作品销路不好，多亏了这些佛像生意，我才可以生存下来，直到二十世纪九十年代，我的作品终于获得认可，这才慢慢走上了正轨，作品的销路也开始变好。这之后我不再为他人购买佛像，也不再把佛像送到美术馆去了，总之，不再为了世俗、为了他人而买卖佛像了。纯粹为了世俗、为了他人的话，的确轻松简单，因为充其量是无限延伸的因果链中的一环而已。然而如果是为了自己而买的话那就完全不同了，因为这样的话我就必须成为那个束缚于因果链中的囚徒。

我明知自己无力对抗，也无须再说服自己，不得不接受这个使命。当我意识到这点时，整个人就鬼使神差地，很久不买佛像的我又买了这尊十一面观音像。

这尊观音像是用整块桧木雕成的,面部表情与神像非常相似。从那紧闭的嘴唇上特别能感受到这一点。不可思议的是,它的头上顶着九尊化佛,而顶上这些佛的脸部全都被省略掉了。当我第一次见到这尊观音像时,心中闪过一丝不敬的想法:可能这位造佛师在雕刻这尊佛像的过程中因生命耗尽而无法完成,也可能是那位发愿雕刻此佛的布施者临近完成却因资金困难而放弃完成这些化佛。不过,我立刻端正了自己的想法,我真的是被现代价值观毒化了。

如果我也算忝列艺术家之中的话,只要试着设身处地想一下就能明白,平安时代中期,专业的佛像艺人大概尚未出现。从平安后期的定朝[6]开始,造佛师才在佛像上留下自己的名字。到了镰仓时代,由运庆[7]与快庆[8]创立的庆派组建了专门的佛教雕刻集团。在这之前,造佛师还不是一个专门的职业,能将此作为修行积累的只有那些能够真正感应到佛的模样的僧人,也只有他们才能够逼真地将自己心中观想到的那种真实可感的样子雕刻出来。对照来看,镰仓时代以后,庆派已经形成了固定的流派,按照统一样式制造佛像,由于毫无个性,所以很容易进行时代鉴定。相反，平安中期以前的佛像，都是有个性的。所以每当我在作品上签名时，我就会想，这种署名行为难道不是与作品的质量成反比吗？正如拉斯科洞穴里那些牛的壁画就比俵屋宗达[9]所画的牛要高超得多。而佛像是为了救济万人而作的，在佛像上署名也并不合适。

作为神灵附身的对象，这种用于雕刻十一面观音像的桧树，在古代是受好几代人顶礼膜拜的。我在日本各地旅游时，曾经探访过那些神社的镇守之林[10]。这些因镇守土地而被人们供奉着的神灵至今依然存在，森林中那些非人工种植的自然林被原样保留，其中像米槠、山毛榉、榉树、樟树、桧树、杉树之类的大树都用稻草绳包着，受人祭拜。我环顾四周，驰骋的想象力将我带回到绳文时代（公元前14000—前300）那无边无际的小树林中，于是现在的农田、都市这些风景，即人类极尽所能进行破坏的痕迹，全都消失了，自己仿佛回到了原始森林，回到了古人的灵魂中。

从绳文人到弥生人（生活在公元前300—公元300），到古坟时代（三世纪后期至七世纪）建立大和朝廷，原日本人不可能以同一人种繁衍至今。可以想象，在这个过程中，来自本州、南方、北方等地的其他族群与新石器时代的绳文人进行了各种各样的交流。从全日本两万多处的绳文遗址可以看出，与自然共存的各种狩猎采集生活，使他们养成了某种祭祀的心性，让他们将施惠于己的自然当作神来敬仰，同时，也让他们崇拜、宽宥带来各种恐怖灾难的自然。不论什么样的外来者，一旦置身于这种特殊的自然环境中，就无法不被原日本人所拥有的那种感觉同化。这样一来，这种可以称为日本式灵性的心性与各个时代的技术相结合并被加以表现，变成了绳文土偶、火焰式土器之类的器物，随着时代的推移，又变成了各种各样的古坟陪葬品。六世纪，雕刻技术随佛教传入日本。最初的时候，那些外来者制造了各种各样的佛像，就像法隆寺献纳宝物[11]中可以见到的那些隋唐及新罗样式的金铜佛。不久这些技术就得到普及，于是日式风格就开始形成，特别是菅原道真[12]废止遣唐使制度（宽平六年）之后，日本特有的、被称为贞观式[13]的佛像雕刻名品就不断出现。这些雕刻名品几乎都不是初期的金铜佛，而是木雕佛，由此可见，这与日本的灵木信仰有着深刻的联系。

就这样，随着平安时代佛教雕刻的和式化及木雕化，雕刻技术得到发展之后，接下来的雕刻风格向日本古代神像风格转变的趋势就非常顺理成章。佛教的教义被高度哲学化之后，已经达到很高的境界，然而日本朴素自然信仰中的神灵并未被赋予那样的教义。因此，人们就想出了一个苦肉计，就是本地垂迹思想：让佛教诸佛以本地神灵的形态出现，借此将日本的神灵融合到博大精深的佛教哲学体系之中。而在实际操作中，佛与神之间的相互对应关系是如何形成的呢？我就举一个例子来说明。

作为神灵栖居之山，北陆的灵峰白山自古一直受人们崇拜，奈良时代（710—794）的养老年间（717—724），泰澄大师[14]首次登顶成功。据说他是一位拥有特殊灵力的神童，十四岁时，在越知山上闭门修行，念诵十一面观音。越知山可远眺白山，传说有一天晚上，他得到一位天女的启示，让他务必去攀登白山。养老元年四月，他溯九头龙川而上，登上顶峰，在那里更加虔诚地念诵。于是，全身散发光芒的十一面观音就现身了。这样，白山比咩大神作为白山神，它的垂迹神就被指定为十一面观音。从白山开始，胜道上人[15]在日光的男体山开山，万卷上人[16]在箱根山开山，到奈良末期为止，各地的灵山都陆续得到开发。平安迁都之后，像春日大社[17]及石清水八幡宫[18]这类的古社也都被指定了本地佛。

传说当年空海[19]在高野山开山时，也是在高野地主神狩场明神[20]与丹生明神[21]的指引下才来到高野，于是，以大日如来佛为首的密教诸佛就成为本地佛。

这些事情，从某种意义上讲，体现了平安初期人们对佛教诸佛的接受程度。而实际上，正是因为有了像泰澄这样的僧人，各地神灵的本地佛才被一尊尊地感应出来。

另外，残留于日本各地的灵验记中，记载了观音在梦中显灵的事迹，如预示病痛、指点灵地、让人们躲避危难等，可见观音信仰在当时影响甚广。世间因缘出现，很多最初都以这样的托梦方式告知。而我手中的这尊十一面观音像，到底是来自泰澄大师开创的白山信仰，还是被人供奉在山里、同样被当成本地佛的吉野及熊野的神灵呢？我已经无从得知了。不过，我可以确信的是，这尊观音像一定是被人供在某深山小庙，默默地度过了千年光阴。或许，这位感应到十一面观音的造佛师首先从这块灵木中看到了古代神灵的模样，就在它马上要变成实物的那一瞬间，他心中的那个神灵突然化身为十一面观音的模样，我感觉他一定是捕捉到了这个转变的瞬间。当灵木中浮现出来的神突然变成观音的模样时,先是静静地隐约浮现出脸上细细的眼睛和眉毛,然后右膝微微向前,仿佛要从灵木中迈出一般。就在这一瞬间,紧随其后的那些化佛眼看即将显现,却至今存于灵木之中,那就让其尊颜继续留存于灵木的灵气之中吧。

  佛祖虽常在
  却叹难相见
  寂静破晓前
  朦胧梦中现

  就像这首据说流传于平安末期的诗歌写的那样,我相信,在生命终结之时,这尊十一面观音像作为我的护身之佛,在让我获得观音庇佑的同时,也会在那一刻让我第一次见到那些化佛的真容。

[1] 宫泽贤治（1896—1933）：日本昭和时代早期的诗人、童话作家、农业指导家、教育家、作词家与社会活动家，也是名虔诚的佛教徒。代表作有《银河铁道之夜》《一个规矩繁多的饭店》《渡过雪原》等。（除特殊说明外，本书注释均为译者注。）

[2] 北一辉（1883—1937）：日本思想家、社会活动家、政治哲学家。

[3] 石原莞尔（1889—1949）：日本军国主义鼓吹者，"九一八事变"的罪魁祸首之一。

[4] 奎师那：又译为黑天神、克里希那，婆罗门教、印度教最重要的神祇之一。

[5] 一遍上人（1239—1289）：日本镰仓时代中期僧侣，净土宗下时宗之开祖。弘安二年（1279），开始在信浓国传播"踊念佛"。踊念佛，又称空也念佛，是一种边舞边念佛的形式。

[6] 定朝（？—1057）：佛像制作师，为宫廷和藤原氏建造过众多佛像。其所塑造佛像具有突出的日式风格，面部圆满祥和，人称定朝式样，被后世尊为典范。宇治平等院凤凰堂的阿弥陀像是其存世的唯一作品。

[7] 运庆（1148—1224）：镰仓时代的僧人。运庆所属的僧人团体名字之多有一个"庆"字，故被称为"庆派"。庆派的佛师以奈良兴福寺为活动据点。

[8] 快庆：公元十二世纪前后，日本镰仓时代的佛教徒与艺术家，他擅长佛教艺术创作，作品图案细腻，极具有表现性。

[9] 俵屋宗达：十七世纪前后的日本画家，常年在京都一带活动，深受日本京都附近宫廷文化影响，作品富于多变，具有较强的艺术性，是宗达光琳派的创始人。

[10] 镇守之林：日本神社周围的树林，是神社的象征。

[11] 献纳宝物：明治初期废佛毁释运动之后，法隆寺同众多寺院一样因难以维持，被迫将老朽的伽蓝堂宇放弃或卖出。1878年将三百余件贵重的寺宝献给日本皇室，获得一万日元的赏赐。献给皇室的宝物，曾保管于正仓院，1882年被转移到帝室博物馆的"法隆寺献纳御物"，作为皇室藏品收藏。二战后，东京帝室博物馆变为国立博物馆，除去归还法隆寺的四件及宫中留下的十件宝物，全部转交国立博物馆收藏。

[12] 菅原道真（845—903）：日本平安时代的学者、汉诗人、政治家，擅长写汉诗。

[13] 贞观式：日本平安时代初期的一种雕像风格。雕像呈圆柱形，姿态挺直，形制对称，完全平衡，通常由整块木头雕刻而成。

[14] 泰澄大师（682—767）：日本奈良时代的修验道（日本古代的山岳信仰受外来的佛教等影响而成立的教派）僧人，加贺国白山的开山祖师，被尊为越之大德。

[15] 胜道上人（735—817）：日本僧人。日光山的开山祖。

[16] 万卷上人：日本奈良时代的僧人。精通修验道，将箱根山的山岳信仰与修验道融合，

以文殊菩萨、弥勒菩萨、观世音菩萨为本地佛。
[17] 春日大社：位于日本奈良县奈良市奈良公园内，旧称春日神社，建于和铜二年（710）。
[18] 石清水八幡宫：位于日本京都府八幡市。
[19] 空海（774—835）：日本佛教僧侣，至中国学习唐密，传承金刚界与胎藏界二部纯密，为日本佛教真言宗的开山祖师。
[20] 狩场明神：高野山地主神，空海开创高野山的时候，以牵着两条狗的猎人形象为他引路。
[21] 丹生明神：《播磨国风土记》逸文中出现的神。高野山的地主神。

停止吧，时间（一）

一百八十年前，因为摄影术的发明，人类认识世界的方法发生了巨大的变化。正如苏珊·桑塔格所言，人类收集照片就是在收集世界。原本时刻变化的，既不会停留又无法捕捉的世界，通过摄影这个行为，成为时间的断片。这简直就像蝴蝶或蜻蜓等昆虫的标本似的，被大头针固定住，变成了观察的对象，永远不再动弹。而人类要观察并理解这个世界，就必须将这个世界照片化。正如人类为了研究生物组织就要将生物切片，用玻片夹住做成生物标本，并放在显微镜下观察，照片作为时间的玻片标本，应该放在好奇心这台显微镜下来观察、理解并占有。

时间这个概念，在抽象的、无法捕捉的意义层面上，与世界也是一体的。如果说普鲁斯特那种文学意义上的时间真的存在的话，那么古典物理学那种争分夺秒的时间就是计时器式的时间。

相对论的宇宙空间里，时间概念则根据观测者立场的不同而改变，这就类似古代神话式的时间观念。第一次思考关于时间的问题是在我小学的时候，那段时期，我正在阅读家里订阅的《儿童科学》杂志。其中关于月亮的文章里，有提到地球与月亮之间的距离，还有"以光的速度，从月亮反射的光，只要几秒钟就可以到达地球"这样的解说。于是，在我头脑里就产生了一个假设：如果我现在看到的月亮是数秒前的月亮，那么，在月球表面立一个巨大的镜子，让自己的模样映射到镜子上，我应该就能看到光往返这几秒钟之前的我。然后，再按这个原理，在我的模样从月球上折返回来的几秒钟里，再在地球上立一个大镜子，将从月球反射回来的影像反射回去的话，结果会是怎样呢？这一对组合镜可以将我的样子永久封存在两个镜子之间。我就幻想，等我白发苍苍的时候，将这镜子拉开，也许就能看到自己年少时的样子。那一瞬间，我的心情就像是自己发明了时光机似的。遗憾的是，地球本身还有自转，要保持两个镜子平行是不可能的。这个存于童心之中的愿望，现在想来，倒是可以印证人类有着"让时间停止"的根本欲望。

世界因欲望而存在，摄影则因欲望得以发明。

那么，让我们回到十九世纪，看看人类的视觉欲望在前摄影阶段到底是以何种形式呈现的。1839年达盖尔在巴黎公布摄影术发明之后，英国人塔尔博特马上在伦敦也发表了同样的声明。而在这之前，作为前摄影阶段，巴黎和伦敦有三个引人注目的设施可以算是摄影术发明前的暖场准备，即蜡像馆、全景立体画馆和透视画馆。

说到十九世纪前叶，摄影术诞生时期的重要历史事件，那就是所谓法国大革命"私生子"的拿破仑战争。人们总是将军事独裁作为保护革命成果的必要手段，这真是人类历史的一个讽刺。拿破仑是时代的宠儿，也是名副其实的英雄。他军队的强大，缘于其士兵能为爱国而战，他们不是为国王或者封建领主打仗，而是为"法兰西"这个国家意识而战。在此之前，军队基本上是由那些为封建领主服务的职业军人或瑞士雇佣兵组成，所谓的战争是国王或领主们花钱雇来的军队之间的代理战争。而处决了国王之后，法国人民开始为自己对"法兰西共和国"的爱国心而战，他们找到了值得誓死捍卫的东西。"自由、平等、博爱"这美好的革命理念就这样被继承下来。法国大革命引出了十八世纪的民主主义理念、十九世纪的共产主义理念以及这一百年来世界上所产生的其他美丽构想。为了实现这样的美好，发生了很多战争，很多人为之付出了生命的代价。

那么当时关于拿破仑这些华丽战果的报道究竟是什么样的呢？在摄影术发明之前，信息传递靠的还是文字报道。当然，那个时代还有很多不识字的文盲，信息由识字之人口头传达给不识字的人，再由不识字的人将这些信息如流言般传播给更多的人。又过了一些时间，专业画家也参与了这样的记录。著名画家雅克–路易·大卫创作的《拿破仑一世加冕大典》及《拿破仑翻越阿尔卑斯山》等神化的英雄画像，将当时人们心目中所崇拜的英雄形象活灵活现地表现出来，就连我现在看到这些画像，也依然能感受到这种表现力。总之，历史就是这样，是在人们的想象中虚构出来的东西。

法国大革命期间，玛丽·格劳舒茨在巴黎创建蜡像馆，后来她到了伦敦，创建了杜莎夫人蜡像馆。她的蜡像馆从拿破仑时代开始就不断展出法国大革命时期王族及名人的蜡像，引起了巨大反响。这位杜莎夫人是命运多舛之人。她生活在法国大革命的旋涡之中，对于那些刚刚发生的惨祸，她用蜡像这种实况转播节目似的方式为人们提供"新闻报道"。当时，蜡像馆的广告语是"Taken from live"，即"写生"。然而这个说法却包含了强烈的嘲讽与悖论。所谓写生，其实就是她直接将断头台上砍下来的首级做成蜡像模型的意思。也就是说，她是从生的终结、死的黎明中，从灵魂即将消失的地方，将"生"挽救下来，将这些脸置换成蜡像。而"写生"其实也就等于"再现死亡"，这些蜡像也就成了新生的死亡记录。

为杜莎夫人提供这么多首级的正是法国大革命这段历史。以专制君主路易十六的首级为首，有玛丽·安托瓦内特王后、德·朗巴尔亲王夫人、雅各宾派的巨星马拉，甚至还包括将马拉暗杀于浴缸之中的夏洛蒂·科黛等人的蜡像。教她蜡像制作技术的是她的主人菲利普·科特斯医生。科特斯医生与雅各宾派的罗伯斯庇尔及马拉是至交，当时他利用蜡像举办一种沙龙性质的聚会。而杜莎夫人，一直到1789年法国大革命爆发为止，都在凡尔赛宫以路易十六妹妹伊丽莎白公主美术教师的身份为王室工作。于是，当时的上流人物都成为她的模特。当然在革命以前，她是在他们还活着的时候就为他们制作了蜡像，其中就有法国启蒙思想家伏尔泰。晚年伏尔泰的样子被她栩栩如生地保存下来，两百多年以后的今天，她当年制作的这尊蜡像依然在伦敦展示着。

在当时引起最大轰动的是作为第一任美国驻法大使到法国赴任的本杰明·富兰克林。其实，路易十六也是一位有启蒙思想的专制君主，否则的话，即便他再怎么憎恨英国，也不可能成为他支持美国独立战争的理由，而美国独立战争的精神支柱正是自由、平等、博爱这些伏尔泰主张的启蒙思想。美国的独立如果没有法国王室的援助，其结果是不可想象的。然而，正因为法国本国的最新思想在美国这片新天地得到传播并获得成功，所以美国革命的火苗才回传到法国，结果反而让他自己掉了脑袋。革命前的巴黎，富兰克林作为实现美国独立的英雄得到了巴黎民众的欢迎，人们称富兰克林为电力大使。当然，这个称呼是因为他通过"风筝实验"证明了雷就是电这个科学发现。十八世纪的巴黎，最受人瞩目的正是那些启蒙式的人物。像富兰克林这样，从波士顿一名微不足道的印刷工人起家，成为科学家，并且在政治上有非凡建树，甚至成为一个新国家的宪法起草者，这种典型的启蒙人物理所当然博得人们爱戴。于是，富兰克林的荣誉在她的手中也被蜡像化了。

身处那样一个政治动荡的环境中，一度为王室效力的玛丽·格劳舒茨被怀疑与保皇党有关联而锒铛入狱。在这段恐怖时期，她随时都有可能化作断头台上的露珠，随风而逝。在同一个监狱里，她碰巧与后来成为拿破仑妻子并当上皇后的约瑟芬·博阿尔内同囚一室。有一天，她俩没有收到任何通知就被释放了。五年后的1799年，已经结婚成为杜莎夫人的她，突然收到了来自拿破仑皇宫杜伊勒里宫的传召状。这是约瑟芬·博阿尔内委托她为拿破仑塑胸像的委托书。据杜莎夫人手记记载，在她将石膏浆浇在拿破仑脸上之前，她照例对拿破仑说道："不用害怕，什么都不用担心。"听到这句话，拿破仑叫了起来："害怕？就算你拿着一把装了子弹的手枪对着我，我都不会感到害怕。"结果，拿破仑对她制作的蜡制胸像非常满意，据说他还专门带马塞纳将军到杜莎夫人的家中

伏尔泰
杉本博司 | 1999 年

拜访，为了让她给他制作胸像。

　　后来，成为杜莎夫人的她遭遇经济困顿、婚姻破裂。于是，她与她的蜡像一起，在英国与爱尔兰之间开始了长达三十三年的巡回展。大概到了1835年，她才在伦敦安顿下来，在经济上也获得了成功，那个时候，拿破仑时代也已经结束了。在伦敦获得成功而心满意足的她毫不吝惜地将自己成功得来的钱财用于收集革命遗留物。时至今日，杜莎夫人蜡像馆的恐怖屋里依然展示着当年给路易十六与玛丽·安托瓦内特王后行刑的断头刀。1840年拿破仑的遗骸从圣赫勒拿岛运回巴黎。为了能让拿破仑的骸骨以国葬的形式安置在巴黎塞纳河畔的荣军院里，第二次葬礼在他死后十九年才举行。于是，当拿破仑的遗骨被运回巴黎的时候，连当初打败他的英国也引起了轰动。很快，杜莎夫人就制作了拿破仑在圣赫勒拿岛去世的蜡像。为了让这个场面足够真实，她收集购买了一百五十件拿破仑的遗物。作品中，拿破仑长眠的那张床，就是拿破仑生前用过的行军床，墙上挂着的衣服也都是他在流放地所穿的衣服。此外还有钟表、牙刷、餐刀等。最让人吃惊的是，连他拔掉的牙齿及牙医给他拔牙的道具也都展示出来。也就是说，在《拿破仑之死》这件作品中，除了没有拿破仑的真身，其他几乎都是由拿破仑生前用过的物品构成，时间看起来就像是原封不动地凝固在他死去的那一瞬间，而只有尸体因蜡化而免于老朽。

　　这件展品也可以算是拿破仑之死的立体照片，在伦敦轰动一时。有一个绅士经常去看这个展品。这个人就是在滑铁卢战役中战胜拿破仑的威灵顿公爵。拿破仑与威灵顿公爵在战场上并没有机会相见，可威灵顿公爵却是用这样的方式遇到了拿破仑。杜莎夫人委托著名画家乔治·海特将这一情景描绘下来。这幅画于威灵顿公爵逝世之后完成，现在的展示品就是以这幅画为模本制成的。威灵顿公爵的蜡像畏缩地站在拿破仑床边，注视着拿破仑。这之中存在着微妙的时间差。1841年，躺在床上的是拿破仑的蜡像，站在一旁的威灵顿公爵还活着，而现如今，眼前这两个人都成了蜡像。我一边沉浸在自己这种怪异的慨叹中，一边给他们的蜡像拍照。在我拍摄的照片之中，威灵顿公爵看起来就像是复活了似的，而拿破仑依然是死去的模样。我大胆地做个假设，假如我有幸成为一位名存后世的艺术家，那么这个展区可能会加上一个我用大画幅相机给他们的蜡像拍照的蜡像吧。当然这只是我的

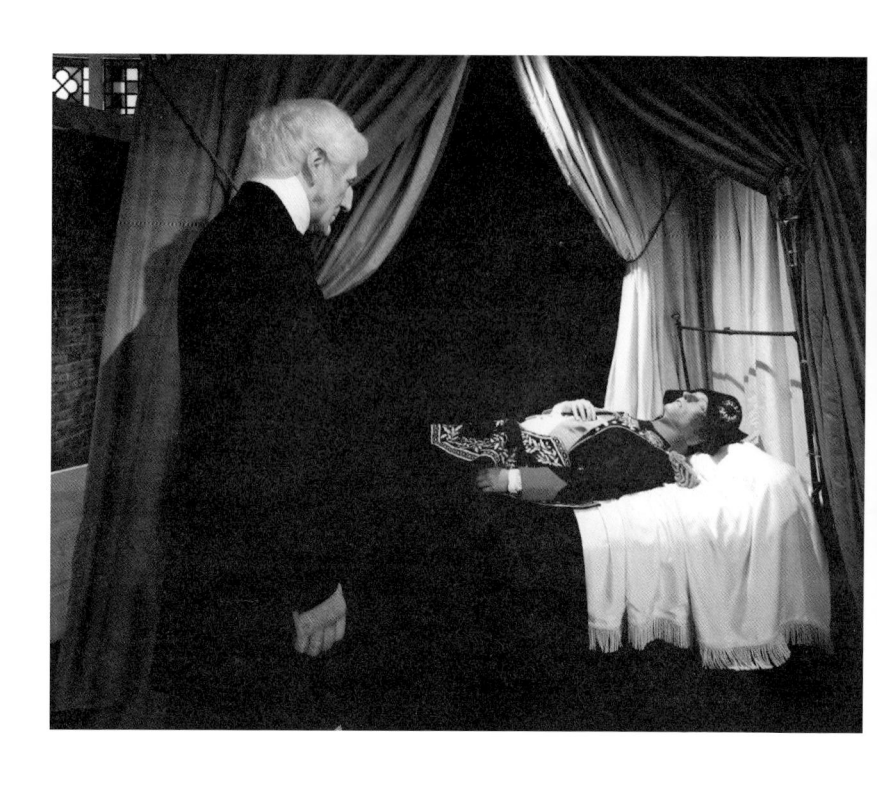

拿破仑与威灵顿公爵

杉本博司 | 1994 年

突发奇想罢了。

我之所以与蜡像有这么深刻的联系，是因为从事摄影之后，我开始返祖似的探寻摄影的根源，而如果要追本溯源，那就要从我在纽约看到透视画开始说起。虽说这是一次偶然，可"偶然"还是那个称之为"偶然"的东西吗？2007年夏天，我得到一次机会，可以在威尼斯近郊的当代艺术中心举办个展。艺术中心的前身是一座十八世纪的城堡，这座占地广阔的威尼斯式建筑，名为Villa Manin。1797年10月17日，屡战屡胜、势如破竹的拿破仑军队与奥地利军队交战之后，就是在这里缔结了《坎坡福尔米奥条约》。根据条约，比利时与北意大利成为法国的囊中之物；作为交换，将威尼斯让给奥地利。当然，在这座城堡的一角，拿破仑当年居住的那个房间"拿破仑之屋"依然保持着原貌。为了缅怀昔日的拿破仑，我将自己拍摄的杜莎夫人制作的拿破仑蜡像的照片放在这个房间里展出。有趣的是，这个房间的墙上挂着雅克－路易·大卫画的拿破仑肖像的复制品。顿时，这个房间里再次出现了时间嵌套的复杂状态。

Villa Manin 展示场景"拿破仑之屋"
2007 年

杜莎夫人与雅克-路易·大卫二人作为革命时期的艺术家，互相之间交往甚密，大卫也经常出入她举办的沙龙。据说他的名作《马拉之死》就是以第一时间被宪兵叫到现场的杜莎夫人所画的草图为底本。另外，在这座十八世纪的城堡里，有很多房间以名为错觉画的立体绘画做装饰。没有窗户的房间里被画上了窗户；视野辽阔的庭院中有喷水池，一群小鸟正在嬉戏。此外，又模仿詹姆斯·特瑞尔的风格，在天井中画上敞开着的天窗，蓝色的天空中浮着静止的白云。不知为何，早已看腻了特瑞尔作品的我，从这幅静止画里的天空体会到某种奇妙的存在感。

人类为了描摹这个世界而开始画画，距今已有数万年了，而直到十八世纪，人类的这种"描摹"才得到了迅速的发展。从蜡像的流行到全景画，再到透视画，人类的视觉欲求逐渐进化，到了十九世纪，作为"最终的错觉画"的摄影终于诞生了。

停止吧，时间（二）

十九世纪初期，路易·雅克·芒代·达盖尔于1822年首先在巴黎创办了透视画馆，随即1823年伦敦也开始兴办。这究竟是个什么东西呢？透视画馆中的东西与我们在自然历史博物馆中看到的有点类似，不过，透视画馆向人们展示的，是地球上那些活在人类保护之下的野生动物在自然中的生存情况，这一点与自然历史博物馆完全不同。现在，如果要在现有事物中找到一个类似的设施，大概就只有天文馆了吧。天文馆现在也成了一个即将被废弃的所在。不过，在二十世纪六十年代我的童年时期，涩谷的天文馆可是连着好几天都全场爆满的。那时候正是日本经济高速发展的时代，星空渐渐地从都市里消失，从而，天文馆就成了代替星空的模拟装置，它的存在就是为了让大家体验宇宙的神秘。真正的宇宙总归已经看不清楚了，相比在真实夜空下经历这种神秘体验，在天文馆逼真的虚拟夜空下，时间与效果均有保障，人们反而能够充分享受这种神秘体验。其实如果真的去体验宇宙神秘之旅，那可就是既恐怖又危险的事了，搞不好，也可能就要直接去鬼门关报到了。所以我觉得，前现代人类所体验到的神秘，在现代人眼中得到了更好的控制。人们要从一个更安全的视点来体验模拟的神秘，于是，就需要制造一种比实物更加逼真的"自然"，透视画馆就是在这种视觉欲望的引导下于十九世纪被达盖尔创办出来的。

那么，让我们回到十九世纪二十年代，去模拟体验一下伦敦的透视画馆开业时所上演的节目吧。

首先，观赏者必须通过一条又黑又长的过道。当眼睛渐渐被黑暗驯化的时候，突然眼前出现了一幅巨大的全景画，将里面与外界完全隔断，上面画着瑞士阿尔卑斯山的大溪谷。当然，它仍旧是一幅画，但是由于它完全按照精确的远近法则来描绘，所以无法马上意识到这是一幅由好几层在半透明画布上的画重叠而成的画。前景是美丽的湖泊，背景是皑皑的雪山。短暂的静寂之后，声音响起，节目开始了。首先是阿尔卑斯山平静的午后，不久，隐隐从远处传来轰隆隆的雷鸣，好像暴风雨即将来临。接着，背景的暗云转变成光亮，舞台转换，进而，雪山顶上白雪的光芒越发闪亮。过一会儿，风雨驱尽，晚霞千里，另外一组透明画慢慢浮现出来。随即，夜幕降临，阿尔卑斯山的各个村落开始亮起了灯光。这一切都发生在电灯这种人工光源发明之前的年代，全都靠那些隐藏在天花板后面的导光调节板进行调节，在一个极暗的室内空间里制造出戏剧性效果。第一场节目结束的时候，紧接着，让人惊讶的事情又发生了，观众们坐着观看的那个房间突然一边发出"嘎啦嘎啦"的声响，一边开始旋转移动。观众们在摇晃中被慢慢地移到第二个房间，这个房间里设置了另一组透视画。这是一种类似新宿KOMA剧场[1]的装置，不过，旋转的不是舞台而是观众席。接下来出现的画面是1823年被烧毁的罗马城外圣保禄大殿。圣殿长长的墙壁上挂满了宗教画，一直延续到教堂深处。美丽的月光从对面窗户照射进来。正看着，回廊上方的天花板消失了，绮丽的意大利夜空与满天的繁星出现了，整个场景又随之一变，柱子坍塌、满地残骸，不幸被烧毁的教堂犹在眼前。

透视画馆每次上映两个节目，节目每年做一次改变。在观光旅行这类事情尚未盛行的当时，对普通老百姓来说，观赏阿尔卑斯山大全景就是一生难得的浪漫行为。而现在，这样的浪漫变成了只要付个入场费就可以体验的模拟观光旅行。

那么，比透视画馆更早诞生的全景画馆展示的又是什么呢？1805年英国桂冠诗人威廉·华兹华斯曾写过一首诗歌回忆他所看到的全景画：

> 一切与真实风景是那么完美一致
> 大海、陆地、地球万物，如镜子般映射无遗
> 不是赞叹人类的巧手有多么精细玄妙的技术
> 不过是让人暂时忘记弱点与烦恼的轻薄仿制品

在这个伟大艺术家看来，全景画只不过是一个哗众取宠的展览物，是一种唤起空想主义低俗情趣的画，是一种轻薄的仿制品。不过，也可以看得出，对于这种能映射地球万物的功能，他还是有所肯定的。这与摄影的情况一样，当初摄影术刚发明并流

行之后，作为新媒介的摄影，经历了从不断遭到传统艺术家，特别是画家们的嘲笑，到后来因为素描而得到重视的过程。而最近，众所周知的类似例子就是，漫画正逐渐被视为艺术。全景画其实是在舞台美术与绘画艺术结合之后才出现的。特别是环形全景画，这种画描绘在巨大的环形墙壁上，将观者四面八方地包围起来，去除画的边缘线，营造视错觉，从而加深真实感。全景画家罗伯特·巴克[2]所创作的错觉画，在一面环形墙壁的中心，用绘画立体地再现了圣保罗大教堂的穹顶，只要人们站在那个地方，一眼望去，就能将广袤的伦敦街市尽收眼底。

身处伦敦、巴黎这样的潮流中心，达盖尔自然很快就燃起自己的野心，他要创作更具真实感、更有冲击力的错觉画，而且还想成为一名幻景制作师。有一天，他从一位与他有生意往来的眼镜商兼投影仪制造商夏尔·雪弗莱口中听到了一件事情，好像有位名叫尼埃普斯[3]的人成功地将暗箱里的影像拍摄并记录下来。暗箱是相机的前身，据说维米尔也曾经使用过，是一种辅助绘画的描摹设备。通过暗箱，将外部的景象投影到暗箱里面，画家可以借此描摹景象的轮廓。很快，达盖尔就向尼埃普斯提出和他一起研究发明摄影术的建议。可尼埃普斯很清楚这位幻景制作师的野心,理所当然地对他的建议抱有强烈戒心。直到达盖尔承诺保守秘密,两人才真正开始共同研究。虽然他们关于银盐光学反应的研究有所突破,可是,当研究进行到一半,刚有一点头绪的时候,尼埃普斯就很不幸地去世了。达盖尔不仅是一个善于处世之人,也是一个运气很好的人。就这样,1839年达盖尔独占摄影术发明成果,登上了让他大显身手的世界舞台。

接着,为了尽可能地让发明摄影术这个举世轰动的大事发挥出它的影响力,达盖尔最大限度地发挥了自己演出活动组织者的本事,事先做了很多的工作。通过当时的一流科学家兼政治家的弗朗索瓦·阿拉戈,他成功地让法国政府以提供终生奖金的形式买下他的发明专利。法国政府,或者说,阿拉戈也非常有气度,这也是十八世纪启蒙思想影响下的某种意识吧,能超前地充分认识到这个世纪大发明的价值,预见到这一发明将对全社会产生的贡献及带来的利益,于是无偿地将这个技术向全世界公布。阿拉戈作为法兰西科学院的领导者之一,同时也作为一名激进的人文主义者,得到了世人的认可。

这种名为达盖尔摄影术的技术，是在磨平的铜板上进行镀银处理，然后使用碘蒸气与银反应，生成碘化银，让铜板具有感光性，曝光之后，利用水银蒸气来显影。于是，定影在这块小铜板上的影像非常奇特，根据视觉角度的不同，既可以看到正片也可以看到负片。从某种意义上讲，这一成果是基于中世纪以来的炼金术传统，使得摄影术像是能摄人魂魄似的，充满了怪异的巫术魅力。正如杜莎夫人用刚砍下来的人头来铸模做蜡像一样，这次是用银来代替蜡，成功地将活生生的世界铸成模型。总之，人们是将它当作类似圣母显现一样的奇迹来对待。正如达盖尔所设想的那样，阿拉戈在法兰西科学院公布了达盖尔摄影术之后，立刻引起了巨大轰动。各大报社争相报道，其中也有一些评论认为摄影术是对神灵的亵渎，甚至出现了以"画家专用绞刑架"为主题的讽刺漫画。

达盖尔以舞台布景师德高狄弟子的身份开始他的职业生涯，成为一名舞台布景画家之后，他开始为全景画馆制作全景画，经过实践，他开创了独特的透视画，最终走上了发明摄影术的道路。纵观他一生的经历，只有幻想家的称号才适合他，也就是说，他所拥有的是幻想家的特质。他想做的，是把世界模型化，让自己的作品无限精巧地接近真实事物。于是，世界就在一块小小的银板中，被模型化、封闭化、幻觉化。

几乎是同一时期，在多佛尔海峡（加来海峡）的另一边，同样也有一个人在研究摄影术，这个人就是威廉·福克斯·塔尔博特。塔尔博特的生活与达盖尔大相径庭。塔尔博特出身贵族阶级，住在巴斯市附近的拉考克修道院。大约在两年前（2006），我曾去拜访这座距离伦敦约两个小时车程的修道院。也因为当时我收到英国波普艺术巨匠理查德·汉密尔顿的邀请，他与马塞尔·杜尚的追随们有来往，他正好就住在这个地区。

对于从事摄影行业的我而言，拉考克修道院也是我无论如何都必须去拜访的圣地。现在，这座修道院与这个小镇都由英国国家名胜古迹信托负责管理。在这里，时间仿佛凝固在十九世纪，是一个孤寂却又富含人文情怀的地方。我听说小镇的某个角落有个资料室对外公开，可是到那儿一看，却是重门紧闭。门上写着：仅周末开馆。我想要放弃，但还是按照门上所写的联系方式打了电话，告知我的来意。很快，重重的大门打开了，将我迎到一个毫无人气的资料室。一看，我大吃一惊，本来设想这里面应该摆满很多与摄影发明有关的各种器材，结果却大大出乎我的意料。我所置身的这个奇特空间，既是一个人文主义者的房间，也是一个科学家的实验室，又是一个数学家的概念场。

可能在塔尔博特心里，摄影发明这个事情似乎只属于业余爱好的范畴。首先让我惊讶的当然是人文主义者塔尔博特所研究的古代语言。他研究古代巴比伦尼亚的楔形文字，编撰亚述语辞典，另外他还研究埃及象形文字，而且擅长希伯来语。甚至，他还对《麦克白》的希腊语诗文进行翻译。人类在蒙昧无知的黑暗时代中建立起来的古代文明的灵魂，在这个人的精神世界里，已经完全得以理解。

再来看科学家塔尔博特。三十三岁时，年轻的塔尔博特就已经被推荐成为科学家的殿堂——皇家研究院的会员。与他共同进行研究的人有：总结法拉第定律的迈克尔·法拉第，土星七颗卫星的命名者约翰·赫歇尔，布鲁斯特角与折射率的研究者大卫·布鲁斯特，等等。这些人全都是那个时代科学、天文、光学等方面的一流研究者。关于科学家塔尔博特，可说的实在太多了，我就举几个我比较关心的例子吧。首先要说的是静电发生装置与放电机。将大玻璃圆管与鼹鼠的皮毛摩擦旋转，可以看到玻璃管内静电的带电状态。而且，这个装置本身就像一个精美的雕塑。第二个装置，简直就像是马塞尔·杜尚的艺术作品。这个装置由两个大圆盘组成，这两个有着狭长裂缝的圆盘互相往相反方向快速旋转，是用来研究人类视觉对颜色及形体所产生的残像。一般认为肉眼可见的"像"与作为"对象"被人眼看到的物体之间，其实存在着一种"疑似知觉"的关系，是完全不同的物体。是的，那些人类认定是自己看到的物体，其实只是这个世界的残像而已。这项研究影响到后来电影的发明。还有一个是马蹄形电磁浮游装置，这是他与法拉第一起研究的，即现在的线性电机原理。此外还涉及数学、植物学等各领域，在这里我就不再赘言，还是直接进入这次的主题，讲讲与摄影发明有关的一些事情吧。

大概真的是人无完人吧。即便是塔尔博特这样多才多艺的人也有一种能力远不如常人，那就是绘画才能。1833 年夏天，塔尔博特陪新婚妻子康斯坦斯到意大利科莫湖畔度假。以他妻子为首的家族成员都在美丽的科莫湖畔写生，只有塔尔博特一人正饱受着自卑的折磨。当时有一种名为投影描绘器的画家专用辅助装置。这个东西我也曾见过，是在透视镜中装上棱镜，这样正面可以观察景色，下方可以看见速写本。因为通过棱镜，外景可以淡淡地映在下面的纸张上，画画的时候，只要描摹那些线条就可以了。但是，这还是相当有难度，毕竟还是需要相应的指尖上的技巧。一番恶战苦斗之后，最终塔尔博特连这个器材都给扔了。接下来他尝试的是用暗箱来画画。这个装置也是在描图纸上描摹下镜头投射出来的影像，但是，只要稍微一动就会前功尽弃。结果，塔尔博特感受到的挫败感越来越强烈。就在那时，塔尔博特心中的一次自问自答将他引到了发明摄影术的道路上。在世界上最早的摄影集《自然的铅笔》卷首语中，塔尔博特提到了那一次的自问自答：

什么才是最绝妙的事情呢？如果能让自然自己将样子显现在纸上，那才叫绝妙。

迷迭香

威廉·福克斯·塔尔博特

那也许并非不可能。正当他一边想这个问题一边享受日光浴的时候，他注意到自己的皮肤经过日晒之后开始变红，并留下了衬衫的印迹。他意识到，"光会让物质发生变化"。真理存于日常，只是人们没有发现而已。其实，比塔尔博特的时代早一百多年的1725年，约翰·海因里希·舒尔茨就已经发现了银的感光性。于是，身为科学家的塔尔博特一回到拉考克修道院就立刻开始实验。通过实验，他确定涂了碘化银的纸经过日晒之后会变黑。接下来，他就准备再现日晒的效果。他用自己研究领域之一的植物学标本进行实验。1834年至1835年这一年间，他所做的初期实验结果都还保留着。我们可以看到其中有一张随意涂抹了碘化银的小纸片，上面描绘着一种植物叶片的形状。但是，这还不是真正意义上的"照片"，只是一张"曾经的照片"而已。这张"曾经的照片"只是利用日光摄影原理，通过光线照射将植物的形状显现出来。可是，怎样停止显像却是一个大问题。他将这个植物的标本放在感光纸上，白天将它置于太阳光下进行日晒，到了晚上将这个标本拿开，叶片的形状就清楚地复制在感光纸上面。然而，好景不长，第二天这张纸就完全变黑，图像也消失了。那个时候，这张"照片"，其实只不过是一个短暂的残像罢了。不愿轻言放弃的塔尔博特找来一名专业画师，让他将消失之前的叶片形状用铅笔描摹下来。

经过一段时间实验之后，他发现，盐虽然不能让感光作用停止，但却能延缓感光作用的进行。于是，下一个阶段要做的就是，将这样的感光纸放在照相机里进行外景拍摄。这篇文章里登载的图版，就是用暗箱拍摄的早期照片。首先，他试着拍摄自己居住的拉考克修道院。照片拍摄的是屋顶的线条与烟囱。照片上那些像污渍一样的东西就是他冲印时留下的痕迹。毕竟他是用刷子来涂抹碘化银的，感光以后也只是用盐洗净，所以上面自然就沾满了污渍和斑点。但是对我而言，这样的污渍实在让人受不了，感觉像是要把人引诱到梦里去似的，既像噩梦，又像童话世界，仿佛某种神秘咒语终于解开了，世界第一次像亡灵一样出现在眼前。照片就这样从布满污渍与斑点的状态中开始。然而，之后的十年间，污渍与斑点慢慢消失，图像也越来越清晰，终于成为我们眼前世界的"复制品"。然而，在我的心中，这个"初醒之像"才是真正的照片，因为这是这个世界第一次与摄影签订契约，是摄影的初夜。

拉考克修道院的屋脊
威廉·福克斯·塔尔博特 | 1835—1839 年
@The J. Paul Getty Museum

威廉·福克斯·塔尔博特《拉考克修道院的屋脊》
杉本博司利用负片印制的正片像

经过这样呕心沥血的努力，到1835年终于可以进行外景的拍摄了。可是，塔尔博特的研究却到此中断了，因为他怎么样都找不到盐以外更具实效性的定影方法。而且1835年以后，塔尔博特的兴趣就转移到了玻璃管放电实验上。结果，在1839年1月，传来了一个晴天霹雳的大新闻——阿拉戈在法兰西科学院公布了达盖尔发明的摄影术。他这才意识到，自己也必须将所有关于摄影研究的事情公布于世。阿拉戈公布这个消息之后数周，塔尔博特在他的盟友法拉第的帮助下，在伦敦皇家学会的图书馆紧急召开了一个展览会。这样，已经停止研究的塔尔博特又迅速回到摄影术的研究上来。同一年，他的朋友赫歇尔爵士发现硫代硫酸钠，即通常所说的定影剂，最合适用于定影。如此一来，他们的摄影术就与达盖尔的不同，这种可以在一张负片上印制出无数正片的摄影法被命名为"卡罗式摄影法"，并得到了发扬光大。"卡罗"在希腊语中是"美丽"的意思，精通希腊语的塔尔博特就用这个词来命名他的新发明。

实际上，在1841年卡罗式摄影术研究完成以前，塔尔博特所拍摄的照片很多是以负片形式呈现的，除了其中一部分用接触式印相法冲印成正片外，其他的几乎都是以负片的状态原样保留下来。这是因为用薄纸做感光纸，很难获得清晰的正片。即便如此，对于十九世纪三十年代的塔尔博特而言，能够研究出"复制"这种技术，尽管只是负片状态，也已经是一个很大的惊喜了。而只有当这种惊喜能够为己所用时，才会感到游刃有余，因为制成正片就可以更逼真地模仿这个世界。只是有一点却并不为人所知，那就是摄影的原初就是负片这个事实，其实这一点更为重要。

我的心里产生了一股强烈的、不自量力的欲望，想尝试将塔尔博特留传下来的、为数众多的早期纸质底片冲印成照片，这估计连塔尔博特本人都没看到过。我立即着手调查，发现这样的照片现存六十张左右，都长眠于美术馆的仓库深处。初期用盐定影的底片，即便没有受到光照，现在也仍然发生着化学变化，有些底片变得越来越黑，而有些却渐渐还原成白色，影像因为变黑或变白而逐渐消失。而且塔尔博特用于实验的化学药品配方现在也无从得知。因此即便到了现在，这些底片也还是像生物一样持续变化着。十九世纪初期那片乡村修道院的影像是不可能被永恒记录下来的，只是能持续留存数百年的残像而已，现在正在美术馆中以一种不为人知的方式慢慢消失。我希望在我的有生之年，能够一睹这些底片的容颜。这种愿望就像给骨肉亲人送葬一般，是一种非常自然的感情。在调查过程中，我得知一个收藏家老友手上藏有十五件塔尔博特的早期底片。我向他讲述了自己的想法之后，他将这些贵重的收藏品转让给我。

现如今，不断进步的数字时代已经到来，银盐摄影已经到了弥留之际，我必须接受这个现实。我应该主动承担起葬礼委员长的职位，将摄影术的鼻祖塔尔博特的底片冲印出来。在暗房中，我将那些药物的味道想象成香味，努力地工作着。幸运的是，收藏有塔尔博特初期最重要底片的保罗·盖蒂博物馆很快就接受了我共同研究的提议。本文中所登载的图版就是其中之一，那是塔尔博特自己都没见过的照片。我感觉自己就像是一位丈夫战死沙场的妻子，带着长大成人的孩子到丈夫墓前祭奠。

至此，我们已经了解了两位发明家发明摄影术的经过。在这一百七十年左右的时间里，摄影一直都支配着人类对历史与世界的认识方式。但时间却在遥远历史中的每一个瞬间，被定格，被保存，被反复审视，直至腐朽。甚至可以说，历史如果不被照片淘汰，也就不成其为历史了。

而实现"想让时间停止"这一人类根本愿望的日子也正日益临近。只有等到认知时间的主体——人类，从这个世界上消失的那个时刻，时间才能真正地停止。而那一刻就要到来了。

[1] 新宿KOMA剧场：1956年12月在日本东京都新宿区歌舞伎町一丁目开业。"KOMA"在日文中为陀螺之意，其标识也以陀螺为概念设计。剧场模仿古希腊时代的剧场样式，采用圆形舞台。三重舞台可以回转与上下运动，产生多种多样的舞台效果。
[2] 罗伯特·巴克：全景画的创始人。他的全景画《伦敦全景》向公众开放时，伦敦人蜂拥而至。
[3] 尼埃普斯（1765—1833）：法国发明家。尼埃普斯曾委托法国光学仪器商人夏尔·雪弗莱为他的暗箱制作光学镜片。

本歌取[1]

马塞尔·杜尚被人尊为现代艺术之父已经很久了，而像杜尚这样的，能够超越时代并不断地对世界产生影响的艺术家为数不多。应该说，他是一位现代艺术的稀客。话说回来，我也一直无法摆脱杜尚的影响，一直以来，在他放射出来的蛊惑力下痛并快乐着。

第一次见到杜尚的作品是二十世纪七十年代中期，我刚流浪到纽约的时候。当时见田宗介[2]先生从南美归来暂居纽约，我与他一起去费城艺术博物馆，在那里的阿伦斯伯格藏品中，可以看到大量杜尚的作品。杜尚的遗作《给予：1.瀑布 2.燃烧的气体》，按照杜尚的指示设置在费城艺术博物馆已经过去了七年。这件遗作是在 1969 年，即杜尚去世八个月之后，在不举办开幕式、不通知新闻媒体的情况下，完全按照杜尚所希望的方式开始展出的，当时我也听到有传闻说，贾斯培·琼斯看到这件作品之后，惊叹道："世上任何一所美术馆都没有这么奇妙的作品。"事实上，我看见杜尚这件遗作也是非常震惊的。我想，如果是在日本的话，这件作品也许就相当于一家性博物馆吧。在黑暗的房间里有一个庐舍风格的木门，观赏者必须从门上两个结孔似的小洞往里看。由于已经有几万人将脸贴在那两个眺望孔上，所以，上面油光黑亮。只要把眼睛凑近小孔就能闻到一股人类脂肪的味道。往里望去，可以看到里面有一裸女躺在一丛树枝中，两腿张开，露出性器官，左手拿着一盏老式的瓦斯灯，远处有一片湖水，瀑布飞流直下，水流看起来好像还闪动着光芒。我还记得我看到这件展品时的愕然，因为这种介于艺术品和展示品的特质，与我当时创作中的处女作——透视画馆系列——何其相似。似乎早已放弃绘画的杜尚竟然将这样一件作品作为他留给这个世界的礼物，这让那些自认为了解他的人不得不感到困惑。

在他人生最后的二十年时间里，他一直在秘密制作这件作品，并且留下说明书，详细周到地说明了作品的展示方式及组装方法。也许，他认为创作者作为见证人，在活着的时候总会对作品进行阐释说明，因此，为了保守秘密并毁灭证据，还是等作者死了以后再公布比较好，这样就可以让作品自己来说话。本来他给人的感觉是，他早在数十年前就已经放弃了绘画，并发明了"现成品"这种实验艺术，然而，他却在死后完全背弃了那些杜尚追随者。关于放弃绘画这件事，杜尚曾有过这样的说法："一幅画必须在画到画布上之前就存在于画家的心中，然而，在利用绘画工具进行描绘的过程中，就必然要丢失一部分内容。我不想让自己的画变得乱七八糟。"于是，杜尚开始向自己追问：能否创作那种非"美术"的作品？于是，他选择了那种"不美也不丑的，特别是与艺术没有任何关系的"东西，去除其实用性意义，赋予这种东西以新的名字。这样，"现成品"就诞生了。

对于杜尚这种选取"现成品"来创作的手法，我总觉得之前好像在哪里听到过，后来我才想起，这种手法很像日本和歌创作中的"本歌取"。当然，在和歌的范畴里，是引用古诗来创作新诗，而在杜尚手中，则是通过去除日常实用性而令其成为新的作品，这是一种相当高级的手法。那么反过来也可以说这是在玩弄实用性，是在建构一个意义场。杜尚的作品具有不可思议的魔力，不论是《大玻璃》还是他的这件遗作，都不存在什么绝对的标准答案。而且，其中还藏着让人根本无法用一二十年这样的时间尺度来衡量的玄机。他所说的"我的资本是时间，不是金钱"等不逊言论，深深触动了我的心弦，他还说过："世界是由'过去''现在''未来'构成的，至少目前是这样的，所以必须保持距离。也就是说，我们并不具有对同时代进行判断的能力，我正是接受了这样的想法，才这么做的。"再如，杜尚1924年的作品《蒙特卡洛债券》。这是一张债券，面额五百法郎，分三十注发行，上面写着每年百分之二十的红利。印刷出来的债券中央，是曼·雷为杜尚拍的一张头像，他脸上涂满了剃须泡沫，像恶魔似的长了角。债券的底纹上，用纤细的文字印着法语谐音"豹脚蚊债券"。杜尚的投资事业是基于他在蒙特卡洛赌场计算出来的十万次轮盘赌概率来赢利的，此外他还推销自己设计的开发法国蔚蓝海岸矿产的新方法。当时这个被认为只是他恶搞行为的东西，却在不到十年的时间里，伴随着杜尚艺术家名气的增长，价值已经翻了好几倍，当然，也没有见过那两成红利得到兑现。然而，从那时候到现在，不过八十四年，现代艺术市场也变得和债券市场一样，艺术品被卷入欲望的旋涡，成为投机的对象，杜尚的预言彻底得到应验，而蒙特卡洛债券的价值翻个数百倍甚至数千倍也有可能。杜尚以一种非常不正经的行为作风，将同样不正经的真实印刷在作品上，让作品像定时炸弹似的，在未来的时代里爆炸。接下来，还有什么将会爆发依然无从得知。

在我的当代艺术创作生涯中，杜尚的影子随处可见。数年前，青年小说家乔纳森·萨福兰·福尔带着他的第一本出版物来找我，书名是 *A Convergence of Birds*。这本书翻译作《鸟的趋同》应该也可以吧。这是一本与众不同的书，乔纳森是这本书的编辑，同时也是执笔者之一。这本书与艺术家约瑟夫·康奈尔的作品有关，而约瑟夫·康奈尔可以说就是由安德烈·布勒东与杜尚发现的。这本书编辑了一些受康奈尔的作品触动而写的诗歌，以及二十二篇短篇小说，还有一些作品图。乔纳森之外的其他执笔者也都是著名诗人与作家。

约瑟夫·康奈尔因他的"盒子系列"而广为人知。他是一名超现实主义艺术家，同时与达达主义也有点关系，然而他也拥有独立于这些范畴之外的个人世界。他持续一生在做的事情就是：

将自己诗意般的世界封存于一个小小的手工盒子之中。杜尚对这位制作奇妙的盒子拼贴作品的年轻无名艺术家给予很高的评价，并购买了他的作品。杜尚自己的盒子作品《绿盒子》的初期版本，就是委托康奈尔组装的。

当时，乔纳森·萨福兰·福尔出版了小说处女作《真相大白》，好评如潮，非常畅销，可是，对美国文学界相当生疏的我却完全不知此事。他曾提出，继康奈尔这本书之后的下一本书，一定要与我共同出版。我虽然对他抱有好感，但是我当时想不出任何能够与他合作的计划。当时我只答应提供影像，而诗歌与短篇小说，以及其他文章都由他来完成。

这之后不久，我又收到了来自圣路易斯的普利策基金会美术馆的建议。因为当时由安藤忠雄设计的美术馆已经落成，他们问我能否过去看看，有没有可能成为我正进行的摄影项目"融化的建筑"中的一个环节。我立刻就赶过去详细考察了一遍，得知这座美术馆的设计过程非常特别。当时安藤忠雄在美国知名度还不高，是这家美术馆藏品中的两位核心艺术家理查德·塞拉与埃尔斯沃斯·凯利指名推荐他来设计的。美术馆中庭陈设着塞拉的代表作之一 *Torqued Spirals*，这件作品由巨大的铁板雕塑而成，是美术馆专门委托塞拉制作的。馆方要求，建筑的设计要与这件雕塑相协调。当然，美术馆内部也有塞拉的作品坐镇。中庭塞拉的作品始终震慑着这座混凝土建筑，当我在欣赏安藤忠雄完成的建筑作品的时候，我感觉这件雕塑作品像磁场一样吸引住我。两天里，我一直与它对峙，我将其当成本歌（现成品），再将其当成一座建筑，这样转换之后，呈现在我眼前的就是我自己的作品。不可思议的是，为了从整体上把握这件作品，我得不断地寻找一个完美的视角，这个过程中，视点不断地向下移，最终停在了距离地面只有三十厘米左右的地方。仔细想想，我觉得这大概是狗的视角。人类眼中四米左右的雕塑，在狗看来，那就像是一座十层建筑。如果我用豆粒大小的照相机拍摄，就可以用蚂蚁的视角来看了。也许从这个视角看，那可能就是一座超过纽约贸易中心的百十层建筑物，我一边想着一边完成了我的拍摄。回到纽约，我将它做成我的作品，心满意足地将理查德·塞拉请来，想看看他的反应。塞拉说了一句"这是你的作品"，并很快就同意我将其出版。于是，我不做任何附加说明就将它交到了乔纳森的手中，委托他从这些影像出发来编辑语言。

这家美术馆的策划人在美术馆的筹划期间去世了，这件雕塑作品就是以他的名字 Joe 来命名的，所以乔纳森的短篇小说也以 Joe 为题目。这组图共有三十八张，故事情节结合这三十八张图展开，简直就是一本绘本，是一本前所未见的书。果不其然，狗真的出现在这个故事里。

主人公 Joe 某天遇到一条没有主人的狗。Joe 想要接近它，可是这条狗却逃开了。从那天开始，Joe 出去散步的时候就会在口袋里放一点狗饼干。然而，好几次遇到这条狗，他都无法将它引诱到自己跟前。于是，他意识到，养这条狗的人是个哑巴，像"坐下""起立"这样的命令，它从来没有听过，所以它对 Joe 的呼声也就没有反应。它从来没听到过"yes"或"no"的声音，那么对它而言"yes"或"no"是不存在的。它连自己的名字都没有听过，那么它也就没有名字。然而，在狗主人的心中，它定是有名字的，只不过只有主人自己知道而已。对这条狗来说，也是如此。狗也有一个无声的世界。在这个世界里，篝火不裂、古屋不

JOE 2020
杉本博司 ｜ 2004 年

响、波涛静美。

我试着翻译了几页这本书的内容，仿佛又有了做狗的体验。

在我看来，杜尚利用"现成品"这种形式，将物品的日常意义剥离，然后再重新赋予其意义，这种做法与我用摄影所做的事情不也有一定的联系吗？换言之，就是我无意中将日常生活作为本歌，并对其进行意义重组，从而创造出一个新的世界。那么，我认为我的这种创作也可以称为摄影式本歌取。于是当我要展出这批对塞拉的作品进行"本歌取"的作品时，我将展览的名字定为"本歌取"，以下是我给这个展览写的解说文字。

所有通过人类活动制造出来的物件中，有真正的原创吗？人类本身的再生产不就是分别从父母身上各继承一半遗传基因并不断复制的行为吗？然而有趣的是，这样生产出来的复制品即便与父母相似，也并非完全相同，既有继承父母长处的，也有正好相反的。这样循环反复的过程产生的差异，才让生命变得丰富，让人类得以进化，才是人类繁衍的原动力。话虽如此，值得警惕的是生命的克隆。与被克隆者毫无区别的克隆人，也许有着完全相同的诗心、完全相同的野心、完全相同的邪心，他们身上既没有变化也没有进化，连时间都成为无意义的永恒延续，这样的结果就只剩下时间的终结。

所谓真正意义上的原创，就是一种无中生有的行为，是属于神的领域。人类曾经一度以为人是神创造出来的，然而最近几百年来，西方主流认为神是人类设想出来的。不过，日本与西方的情况多少有些有趣的不同。不管怎样，在日本，那个从无到有的神的子孙现在依然与日本的政治联系在一起。这种国体下的文化有着怀旧的倾向。就像当初西行法师参拜伊势神宫时写的诗歌所表达的那样，"一心存万象，无言泪千行"。回溯"万象"悠远的远古，在时间轴之中，关于"万象"的记忆，犹如断片与痕迹一般地存在于《古事记》与《万叶集》之中。而所谓当下的诗歌创作，就是在遍览了历史上千百万首的诗歌之后，将"万象"的痕迹融入自己血肉之中。

那么摄影范畴的原创性又是如何获得的呢？渔夫来到小鱼聚集的浅滩撒网捕鱼，当渔网拍打在水面上的那一瞬间，到底是渔网上的铅坠先沉下去呢还是水里的鱼儿先逃脱呢？渔夫心里想要一网打尽，然而他能确定的只是困在渔网中的那些鱼儿而已，不会去考虑逃走的鱼儿其实更多。相机就相当于渔夫的渔网，而拍摄对象就是相机捕捉的瞬间想要逃避的那些事物。就像偷情被人看到的那一瞬间，偷情之人会互相把身体分开一样，赤裸裸的现实在相机面前瞬间就变成装模作样的现实。在这世界上，只有一张照片的拍摄对象没有躲避，那就是约瑟夫·尼塞福尔·尼埃普斯在1824年拍摄的世界上的第一张照片。在无人涉足的领域里，最初的闯入者不会引起其他生物的恐惧，同样的，第一张照片所拍摄到的就是一个货真价实的世界。照片里，窗外邻居家的屋顶，恍如前世的记忆，模糊而晦暗，要睁大眼睛才勉强看得清楚。最初，摄影术被当成一种类似巫术或奇迹的技术，直到最近才被提升到艺术层面。伴随着摄影术的普及，人们对这种技术的警戒心不断加强，生怕掉进这种巫术之中，非常地紧张。不管是谁，只要站

JOE 2076
杉本博司 | 2004 年

在照相机前面，就极力地掩饰自己，搔首弄姿、装模作样。于是，这个世界真实的一面就完全被遮蔽了，世界在摄影面前关上了大门。

拍摄对象并不只局限于人物。在摄影面前，建筑物及山川草木才是最好的拍摄对象，它们展示的是最自然的自然。装腔作势地摆出一副一本正经嘴脸的自然是无法接近的，然而，如果长期看到的都是假象的话，也许会不可避免地让人觉得，假象本身也具有某种真实性。这就和自我孤立的人一样，长期闭门不出，躲在家里靠看动画片过日子，结果反而会认为外面的世界是虚拟的、不真实的。

我也是一个潜心钻研摄影术的人，在拍摄过程中，也曾反复遇到过各种错误。一般情况下，摄影像机关枪扫射一样地乱拍是很普遍的，然而，这样的话，被拍摄一方也就无法忍受了。于是，世界就会更加顽固地封闭起来。应像"北风与太阳"的故事所寓意的那样，首先必须从消除对方的紧张入手，然后等待他进入自然放松的状态。到那个时候，这个世界不管表现得再怎么顽固，真实的一面都会在这松懈的一瞬间从缝隙中显现出来。这样，我事先设置好的摄影圈套就可以奏效了。但即便这样，从我的渔网中逃脱的小鱼还是很多。世界比我的网眼还要细小。我一边清点我那点可怜的猎物，一边在我的猎物中寻找，看看有没有留下能够让人回溯世界始源的痕迹，就像尼埃普斯在世界对摄影关上大门之前所拍摄到的那样。偶尔也会在这泥沙之中看到有小石子闪耀着光芒。那个时候的感觉，就像完成了一件本歌取作品似的。最后，我就介绍一个自己喜欢的例子吧。

身从幽冥入冥道
山月遍照路迢遥

在平安时代的和歌集《拾遗和歌集》中，这首和歌的作者被称为雅致女式部，即和泉式部。她在序文中写道："请于性空上人座下吟咏此歌。"雅致女式部后来以自由奔放的恋爱闻名，从《和泉式部日记》中可以一窥其貌。她是大江雅致之女，这首和歌被认为是她少女时代的作品。

"我担心自己的前途将会是从一个黑暗之地迈向更黑暗的世界，山间的月亮呀，请远远地为我照亮前方的道路吧。"

她在少女时代便已经完全意识到自己心中的"幽冥"，恐怕，也看清了自己的烦恼。而事实上，她就是这么度过她的一生的。

这首和歌的"本歌"部分并非取自古和歌，而是《法华经》中的一句话：

从冥入于冥
永不闻佛名

这句话在日语中写作"冥きより冥きに入り永く仏名を聞かず"。一个岁数不大的小姑娘就可以解读《法华经》，

而且还能将这句话作为"本歌",创作出新的诗歌,真是一位了不起的才女。而她将这首诗歌赠予在比叡山以法华持经者而闻名的性空上人,是因为她的心中充满了憎恶,大概她在性空上人座下听过《法华经》的讲解,为了表达谢意而作了这首和歌。《法华经》是流传到日本的大乘佛典中最古老的经典之一。圣德太子于推古二十二年(614)所著的《法华义疏》,大概是第一部日本人写的佛典解说著作。而圣德太子所根据的,则是中国六朝时代的僧人鸠摩罗什汉译自梵语原典的《法华经》。于是,"本歌"之中另有"本歌",循环之中还有循环,我就这样被诱入一个没有尽头的梦中。

[1] 本歌取:日本和歌的一种创作手法,即从有名的古歌(本歌)中选取一句或两句,直接运用在自己的作品(新歌)中。这里,杉本博司将这种创作手法的定义拓展到艺术创作领域,类似杜尚的"现成品"的创作手法。

[2] 见田宗介(1937—):日本社会学家,东京大学荣誉教授。

狐眼女子

　　我被称作摄影家已经很久了,然而被人这样称呼,我总觉得心中有愧。不管怎么样,所谓"记录真实"之类的说法,终究是有点夸大其词,让我觉得自己像是一个自言自语的妄想狂。摄影术传入日本是幕末时期(1853—1869),开明的岛津大人还做模特拍了照片。其实早在宽政时期(1789—1800)前后,日本就已经用照相机的前身——暗箱做过实验了。一个偶然的机会让我知道了这段历史。

　　那一年,在纽约拍卖会场上,一幅与众不同的画吸引了我的眼球。因为是用画轴装裱的,我还以为是日本画,结果发现那其实是一幅拙劣的西洋画,但显然不是常见的那种西洋绘画。这幅画用油画颜料在绢布上创作,而画的底子所用的颜料却是日本画里的白颜料,画面的右下角有朱红色的罗马字签名。要说这幅画里最让人感到不协调的,是马上人物的脸,根本分不清楚到底是东洋人还是西洋人。另外一个地方，那就是这幅画里的树梢画得很高。只能让人觉得这是有意要打破日本画里的松树意象，俨然一个不为人知的童话世界。资料上写着"司马江汉，宽政元年"，是万野美术馆旧藏。最近，我也听说了万野美术馆的控股公司破产、馆中藏品散佚的事情。但是，即便是美术馆的旧藏，我仍然认为这幅画很拙劣，购买这样的作品我还是第一次。而且我还有一个毛病，那就是买完作品之后才去做调查。一般情况下，应该调查清楚之后再买才对，但我却正好相反，遇到一些觉得有缘的东西时，我明知道不该买，却还是会出手，这就像男女间那种微妙的感觉。不过，这东西一旦到了我手中，那喜爱之情便喷涌而出，我就会着手调查它的出处。狠狠地调查一圈之后，我会对作为买家的自己提交一份调查报告，下文就是关于这幅画的调查。

司马江汉绢本油彩《马上人物图》，宽政元年

司马江汉（1747—1818），浮世绘画师。受早期浮世绘大家铃木春信的影响，他的画经常被误认为是春信的作品。他以铃木春重之名开始自己的绘画事业。铃木春信骤亡之后，他便作

马上人物图

司马江汉 | 宽政元年

假，画了很多以春信名字落款的浮世绘，大概是出版商要求的缘故吧。

那之后，日本进入禁止个人与海外来往的闭关锁国时代。江汉刻苦研究西洋油彩画的技法。相对于汉画及大和绘那种在画布上平涂地表现描绘对象的东洋画法，司马江汉喜欢以远近画法为主旨的立体画法，总之，那种写实主义风格让他感到惊叹。如果是传统的东洋画法，像中世时代的水墨画那样，画师需要在黑白浓淡之间，捕捉隐藏于对象之内的生动气韵，用单一墨色，寥寥几笔便让事物的实际形态得到全面的表现。绘画这个事情本身也磨炼画师洞察事物的能力。然而，慢慢流传到日本的现代精神已经留存于江汉的心中，与其用心与眼绘画，不如利用机械之眼，像拍照一样地进行绘画，当时的他已经沉迷于这样的欲望之中。实际上，江汉当时就已经根据他在长崎得到的荷兰语书籍，组装了一台照相暗箱。江汉把这个照相装置称为"写真镜"，并对其做了以下说明："利用箱内的玻璃镜映射并描绘山水人物的机器。"另外在关于西洋画的解说资料《西洋画谈》中，他对西洋画做了以下阐述："中国与日本的传统绘画，不能将其视为玩物。至于西方绘画，则是通过浓淡之法描摹明暗、凹凸、远近、深浅，来把握真情。……众所周知，它不如写真那样惟妙惟肖，又不能只是将它当作绘画。之所以称其为写真，是因为在描摹山水、花鸟、牛羊、木石、昆虫等对象的时候，每次都能有新的发现，好像画面中的所有事物都是能飞会动的。"就如江汉所说，记录真实的"写真"一词作为画师的术语，在摄影术发明之前便已经出现了。也就是说，摄影术在幕末流传到了日本之后，人们用"写真"这个早已经存在的词来翻译这种逼真的技法还是非常恰当的。如此说来，日本是将摄影术作为绘画表现范畴的一种技法来接受的。

在油彩画之外，司马江汉还将哥白尼日心说介绍到日本。他还与复原摩擦起电机的平贺源内及人体解剖著作《解体新书》的译者杉田玄白交往甚密，在江户时代，他们成为一群比较了解西洋的知识分子。作为画家，他让自己的想象任意驰骋在那从未见过的异国他乡，像古代的佛教画师描绘屹立于世界中心的须弥山，或者像汉画师描绘传说有仙人居住、能让人长生不老的海上蓬莱山一样。当外来思想最终流传到远东之地，日本人第一次让那些思想与技术成为自己囊中之物以后，便诞生了这样一幅混杂着惊讶、挣扎、幻想、稚拙等各种情绪，难以言表的画，表现出一个空想的欧罗巴。

根据我的调查报告，"写真"这个词语从江户时代后期开始就已经被广泛使用。然而，所谓逼真的技法，在大洋的东西之间是存在根本差异的。为了考证摄影能否成为逼真的技法，我重新回顾了自己在东西方绘画中所得到的体验。

中国山水画的宗旨是表现万物气韵，而换一个角度来理解，就是事物的表象是虚的，不是真实的。通过捕捉表象之中的气韵，才能将生生不息的世间万物中的风雅意趣活灵活现地表现出来。看看南宋时代的禅僧画家牧溪的《潇湘八景图》。画作选取中国洞庭湖一带潇水与湘水合流处的景观，绘制成潇湘八景，在宋朝时为室町将军家所获。因为画中有足利义满的印章，可见在义满那个时代便已备受珍重。画作后来成为东山御物，据推测，足利义政为了能把画挂在壁龛里面，就将卷轴切断了。现在流传于专家手中的只有四幅。我恰好有机会见到实物，当时我便被墨色浓淡间潜藏着的可谓神秘的无限色调深深地吸引住，沉溺于忘我境地之中。

看看其中的《远浦归帆图》。两艘小船满帆横渡湖上，广阔的湖面上阵风吹拂。淡墨一笔，便将清风吹拂的形态表现得淋漓尽致。岸边垂柳，枝干在风中剧烈摇摆鸣动，将大风中那无可名状的生机表现得栩栩如生，虽然不做任何的细节描绘，但却丝毫不影响人们在想象中感受到柳枝上的每一片叶子。以一笔之墨风，令森罗万象分毫毕露，这样的笔势，不显力道却又非常自由，让我感到身心自在洒脱，有如亲临画境一般。

在另一幅《烟寺晚钟图》中，整个画面几乎被清一色的淡墨覆盖。画面中部，墨色挥洒之余，在白色烟霞中浮现出些许景物，有山寺、钟楼掩映于树木之中。在烟寺晚钟这种诗意回响之中，整个画面开始从心底浮现出来，而水墨画面只不过是补全了那种烟雾缭绕的想象而已。这样的境界才可称得上是诗画合一。整幅画面，云蒸雾绕笼盖四野，烟寺钟声仿佛在人心中久久回响。这幅画以视觉享受引导听觉，真是世间少有。

年轻女子的肖像

彼得鲁斯·克里斯蒂 | 约 1470 年

@bpk/Gemaldegalerie,SMB/Jorg P.Anders/AMF/distributed by DNP

这是我最初接触东方绘画时的印象，然而对于西方绘画，完全是另一种体验。那要从我第一次看到北方文艺复兴时期的尼德兰画家彼得鲁斯·克里斯蒂所画的《年轻女子的肖像》开始说起。画中狐眼的少女微微有点倾斜，让这幅画的观赏者反而觉得自己是被她凝视着。当我在大都会艺术博物馆偶然邂逅这幅画时，就感觉到她投射过来的视线，我就像是被吸住了似的站在画前，牢牢地钉在那里。这位年轻贵族女孩的肖像散发着某种气质。虽然她的容貌并非极为出众，但是一旦遭遇她的视线便难以摆脱，进入一种对峙的状态。而对峙的胜负从一开始便已经注定，因为对方的眼神是不会动摇的，所以注定我是失败的一方。这是一幅几十厘米大小的四方形小品画。然而，当我摆脱了她的视线之后，又马上被这幅画的其他细节所吸引。挂在脖颈上的珍珠项链，其中每一颗珍珠都闪耀着斑斓的光芒，还闪烁着白点似的高光。而这一切全都呈现在直径不到两毫米的珍珠上。左上方好像有光线从窗外照射到少女身上。如果仔细观察珍珠上的高光，就可以看到，上面还反射着那道从窗外照射进来的光。这甚至会让人产生一种错觉，仿佛连少女房间的内部也全都被描绘在这些光滑的球面上。虽然，要将这些事物描绘在两毫米的球形上是不可能的，但观者却能感觉到这些并没有被画上去的东西。不仅这些珍珠如此，那些银制发饰以及织物的细小皱褶也是如此，她那双眼睛里闪烁的光芒更是如此。如瓷器一般白亮的肌肤表面上，有许多细小纹路，这就是时间的力量。而这位狐眼女子的视线历经五百多年沧桑而不变，从时间的另一边穿透了我的视线。

彼得鲁斯·克里斯蒂是继凡·艾克之后的尼德兰画派画家，在他的作品展览期间，我每个星期天上午都会去观看。会场人很少，非常安静，我站在这幅没有用玻璃保护的画面前，注视着它，心里甚至想"看尽所有值得看的东西"，结果却是看不尽、看不完。在我看来，"神灵存于细节"这种"陈词滥调"，恰恰体现在这幅小小的绘画中。而所谓的"对细节的执着"，在我自己身上，也已经到了几近病态的程度。这也是我选择落伍的大型干版照相机的原因。银盐摄影就是将银粒子集合起来形成图像。利用小小的胶片拍摄的图像，就像点彩派的绘画一样，每一颗粒子都可以看见。这让我恍然大悟：世界就像印刷一样，仅仅用点便可得到还原。

例如我拍摄的海景照片。全无可看之处，却正是可看之处，当视线全都集中于摇荡的波涛时,眼睛很快就会被一个波涛所吸引。再凑近一点看,就会隐约看到这波涛之中还摇荡着其他小的波涛。如果再看更细节的部分,就有可能看到其中的银颗粒了,只不过这已经太细微了,远远超出了我眼睛的能力。而银的颗粒与光的颗粒合为一体,能够直接透过这薄薄的纸张表面,穿透观者的内心。世界是无限丰饶而又充满细节的,当这一切成为一个整体的时候,便显得非常安静、放松、单纯。为了让自己获得这样的体验,我才想去环游世界,去拍各大海洋。而想要完全容纳这些细微的部分,无论如何都需要老式的大画幅相机,才能表现那种无限丰富的层次。至于完全建立在0与1的基础上的数字技术,是没有神存在的空间的。

我始终认为,尼德兰画派绘画中那种对细节近乎病态的追求,正是三百年后摄影术得以发明的原动力之一。意想不到的是,这个狐眼女子竟然被称为 Nichte des beruhmten Talbot,意为"大名鼎鼎的塔尔博特之侄女"。虽然她与英国那个塔尔博特家族是否有血脉联系尚无法确定,但这样一个符号对我来说意义重大。因为,在我的心里,这幅画已历经迂回曲折与我的作品联系在了一起。

克里维斯的安妮

杉本博司 | 1999 年

在这之后，尼德兰画派的绘画作品一直令我魂牵梦萦，而到了克里斯蒂的下一个时代，画家汉斯·荷尔拜因在细节上的追求也是不同凡响的。在伦敦的英国国家肖像馆中，作为宫廷画家为王室服务的荷尔拜因，他所画的亨利八世肖像也在藏品之列，此外他还为托马斯·莫尔及德西德里乌斯·伊拉斯谟画过肖像。荷尔拜因出生于德国南部，在巴塞尔与伊拉斯谟结下了深厚的友情，经伊拉斯谟的介绍认识了托马斯·莫尔，最终成为亨利王身边的宫廷画家。荷尔拜因给亨利王六任妻子中的第三任妻子珍·西摩与第四任妻子克里维斯的安妮画过肖像，然而他却因为那张克里维斯的安妮的肖像让亨利王不高兴而失势。关于这件事情的始末，我在之前的文章中写过（参见《无情国王的一生》，收入《直到长出青苔》）。当克里维斯公国的公主安妮被选为这场政治婚姻的对象时，为了确认公主的容颜，荷尔拜因被送到了克里维斯公国。大概荷尔拜因是因为自己与公主都是德国人才出手帮助公主吧，他在画里美化了公主。因为亨利王是为了了解她真实容貌才让他去画像的，所以，只要亨利王看了荷尔拜因带回去的画之后认定她是个美人，那这场政治婚姻也就算定下来了。然而，只要她嫁入宫门，亨利王一看，就知道那幅画被做了手脚。画就像数字技术一样，可以随意地对复制对象进行处理。在那个时候，亨利王自身因为离婚问题导致英国脱离罗马教廷，结果持反对立场的托马斯·莫尔被处死，而他正是荷尔拜因的有力靠山。虽然如此，但托马斯·莫尔并不是一个极端保守主义者，他甚至受伊拉斯谟《愚人颂》的影响，写下了《乌托邦》一书。在《乌托邦》中，他描绘了一个建立在自然规律基础上的自由平等社会，可以说，他是空想社会主义的创始人。马克思在他的《资本论》中也引用了《乌托邦》的思想，认为自然之中自有其规律，对不断破坏自然的现代人而言，这才是他们应该回归的原点。讽刺的是，自然科学在追求自然规律的发展过程中，也成为现在破坏自然的一大原因。而不懂得自然规律的人或许就可以眼不见心不烦了。莫尔正是因为明白了自然中的真理，才认为亨利八世因男女关系而干预宗教的做法怎么样都是一种明显违背自然的行为。然而，在任何一个时代，坚持真理都意味着死亡。

我希望将我在狐眼女子这幅画中所获得的经验，通过自己的作品表现出来，于是我以杜莎夫人制作的克里维斯的安妮蜡像作为模特。蜡像是以荷尔拜因的画作为样本制作的，连衣服及珠宝的细节都得到了忠实再现，这样我才可以忠实地再现那种尼德兰画派的光线。这是一次实验，看看能否将我看到的绘画作品通过照片加以再现。就这样，真实的人物转变成了画，再从画转变成蜡像，再从蜡像转变成照片，经过这样的一再转换，终于成就了我的作品。而我的目的就是要拍摄出尼德兰画派式的照片，即便被人当成十六世纪的照片也无妨。仔细想想，到目前为止我也就只是一个摄影家而已，也不知道什么时候就变得这么夸张，艺术只是一个游手好闲的买卖罢了。至于我翻拍的克里维斯的安妮的肖像，她在荷尔拜因作画的时候就已经被美化过了，而被做成蜡像的时候，估计也被再一次美化了吧。到了我这儿，更是对她加以美化，所以这张照片其实已经远远有别于历史人物的原貌。

我从牧溪画中学会了怎么观察省略之中的细节。而在狐眼女子这幅画中，我通过对细节的深入观察，知道了表现全体的画法。我希望，自己对这两种方法的运用能够达到互不颉颃、合而为一的境界。然而，尽管我与摄影打了这么长时间的交道，可"真"之为何物，我至今仍不得而知。

临刑者小曲

我最后一次见到苏珊·桑塔格是在 2001 年 10 月 3 日的纽约，那时距世贸中心倒塌三个星期左右。那时候，作为个展的组成部分，我在迪亚艺术中心举行能剧的公演。公演第一天，桑塔格与摄影家安妮·莱博维茨一同作为嘉宾到了现场。那个时期，会场周边还笼罩着袭击的阴影，群情骚然。整个纽约市都在主动地限制歌舞音乐表演，但我苦思冥想之后，还是决定要举行这个公演。让我下决心在这样的非常时期举行能剧公演的原因，不是别的，正是这个曲子的主题。能剧《屋岛》属于修罗能[1]。修罗能属于物狂（幽灵）、鬘物（美女）这类能剧的范畴，而它固定的表现形式是，战场上抱憾而亡无法得到超度的亡灵向行脚僧询问往事。不过，《屋岛》这部能剧是一种被称为"胜修罗"的奇特曲目，故事说的是屋岛之战中获胜方源义经的亡灵无法成佛，到处游荡，向一位行脚僧讲述战斗中在水里拾起弓箭的故事。

义经的幽灵是这样对行脚僧说的：

吾乃义经之灵，虽为瞋恚所引，仍妄执今世，犹昔之漂于西海，而今零落生死之海。

战场就是修罗的港湾，不管是胜者也，好败者也罢，都为妄执所囚，无法成佛。"九一一"事件是珍珠港事件以来，美国本土首次遭到攻击，人心惶惶的状态下，一种报复的共识正在形成。在这样的旋涡之中，《屋岛》这部能剧的主题不是很有意义吗？这个能剧的目的是再现中世纪时的能剧舞台。在烛光中上演的能剧《屋岛》，鬼气逼人，让人仿佛置身不过数千米之外那个刚刚成为现实的修罗场。演出结束之后，安妮·莱博维茨神情激动，对我报以夸张的拥抱。但苏珊·桑塔格，脸上却显露出前所未见的忧郁之情。我本想和她聊点什么，但忙于招呼客人，结果失去了交谈的机会。她那忧郁的表情一直留在我心中，三年之后，她便去世了。她曾经说为我写篇杉本博司论，这个约定也最终没能兑现。

因缘反复,她去世之后几个月,我接到纽约日本协会的请求,问我是否愿意接手苏珊·桑塔格担纲数年的日本电影系列项目。这个项目以"苏珊·桑塔格精选的日本电影"之名,已于2003年上映了八部电影、2004年上映了十部电影。以下是这些电影的目录:

《祇园姐妹》沟口健二 1936年

《我对青春无悔》黑泽明 1946年

《安城家的舞会》吉村公三郎 1947年

《烟囱林立的地方》五所平之助 1953年

《二十四只眼睛》木下惠介 1954年

《浮云》成濑巳喜男 1955年

《绞死刑》大岛渚 1968年

《前进,神军!》原一男 1987年

《疯狂的一页》衣笠贞之助 1926年

《残菊物语》沟口健二 1939年

《女优须磨子之恋》沟口健二 1947年

《泥醉天使》黑泽明 1948年

《饭》成濑巳喜男 1951 年

《野火》市川昆 1959 年

《女人步上楼梯时》成濑巳喜男 1960 年

《猪与军舰》今村昌平 1961 年

《天国与地狱》黑泽明 1963 年

《火祭》柳町光男 1985 年

当然，我并不是电影评论家，也不是特别喜欢电影，不过这也是一份因缘吧。想来接下来我要看的电影大概是普通人平均一生所看电影数量的百倍之多，当然其中也包括我不愿意看的电影。之所以如此，也因为我是一名拍摄电影的摄影家吧。始于二十五岁那年的那组作品（透视画馆系列）让我获得了古根海姆基金会摄影奖学金，于是我走遍了全美国现存的二十世纪二十年代的电影院。在这个过程中，我可以选择电影院却无法选择播放的电影，因此我只能拍摄那些偶然遇上的电影。美国在第一次世界大战之后，整个国家沉醉在泡沫经济之中，经济能力已经凌驾于欧洲之上。当时，为了炫耀这种力量，建造了很多歌剧院式的电影院。在这里，他们骄傲地向全世界炫耀，那些历经艰辛、破落不堪的移民后裔能将美国这片处女地开发到这种程度。同时，他们也明显表现出面对欧洲时的强烈自卑感。美国各地的新兴城市，到处都在仿建古希腊帕特农神庙及圣彼得大教堂式的建筑。而且，这些建筑用的并不是原建筑那种石头，而是灰泥之类的冒牌货，装饰成庄严肃穆的样子。我把这种现象称为早期迪士尼化现象。

我走访这些电影院是在二十世纪八十年代，那时候，这些在十九世纪发展到了高峰的地方工业城市，在第二次世界大战后因产业结构的变化而没落，市中心全都成了贫民窟。纽约、芝加哥这样的大城市则开始进行土地再开发，二十世纪二十年代的剧场几乎看不到了。而地方城市随着经济的逐渐萧条，即便这些剧场不断老旧，却因为没有拆除的理由或没有钱而一直保留着，沦为废墟般的三流电影院，在漏雨的状态下仍然勉强经营着。在电影院里，我像看荒城月色一般地望着眼前那闪耀的屏幕。在这里放映的电影，基本上是好莱坞B、C级电影以及为穆斯林、印度人、美籍西班牙居民提供的英语圈以外的电影。我看着这些民族电影，如坠五里迷雾，那感觉就像柳田国男深入东北山区搜集古老

纽约展望公园电影院

杉本博司 | 1977 年

拍摄时，放映的是《少林祖师》。快门一直开启，直到放映结束

传说似的，非常有趣。

我想起印象中的一部印度电影。某日，一位老女巫获得神谕，说神灵将降临在某个绝世美女身上。于是，在德里大学学习的美女就被召回故乡，活生生被当作观音菩萨来祭祀，受男女老少的礼拜。突然降临的神格与肉体的人格便在这位美女身上形成了冲突。她还是与漂亮的情人一起逃离了那个地方。可是，当地人却将她的出现理解为奇迹。她这种对人们虔诚信仰的背叛行为导致了村社的崩坏，于是，接下来这个故事便朝着悲剧方向发展了。

另外，还有那些绝对不会被引进日本的B、C级好莱坞电影也值得一看，宣扬神秘主义、暴力、性爱等，让人联想到人类文明之初宗教祭祀是如何形成的。那些人类进化过程中的兽性记忆、活人献祭之类的记忆，以及那些危险的原始冲动，都可以通过电影这种安全的替代行为得到补偿。在这里我绝对看不到那种自称很有学问的人，我不仅要忍受连续观看这些电影的痛苦，而且还要让这成为一件快乐的事情。而要达到那样的心境，需要很长时间的修行。

他们委托我写一篇宣传文稿，公布我所选的日本电影系列。我尝试以剧场宣传人员的口吻写了以下这篇文章。

杉本博司之日本协会日本电影系列

十九世纪初，摄影术刚刚发明之后，那些以悠久历史与传统而自豪的肖像画家，因市场遭到摄影的冲击而失业。而同样在这个世纪的末期，静止照片可以连续放映，使电影得以发明。然而，戏剧界的演员及编剧并没有因此而失业。相比无限接近现实的电影，直接将虚构展示于眼前的戏剧反而具有更高的艺术性。从视觉经验上讲，人类更喜欢虚构类的东西。

相对于电影特有的逼真影像而言，我所选的这些日本电影，怎么看都像是戏剧式的电影。摄影的虚构性与戏剧的虚构性相互重合，从而催生了某种立体的虚构性。过度的虚构反而会导致可靠性的产生。古代的神话也是如此。

苏珊·桑塔格的早期评论集中有一本叫《激进意志的样式》，其中有一篇名为《戏剧与电影》。在这篇文章里，她对这两种媒介进行了考察。她对戏剧概念的定义非常有意思：

戏剧这种艺术类型，历经千锤百炼，自古以来发挥出来的都是某种局部性职能——祭典表演，强化公共社会的忠诚，成为道德指针，诱发激情的治疗性释放，授予社会身份，传达实际指示，提供娱乐，增加仪式的威严感，颠覆既定的权威。

文中阐述的很多戏剧特质，我觉得也非常适用于我所看到的那些底层电影。而戏剧与电影的最大区别在于，电影是摄影的延伸，它能够保存时间，相比之下，戏剧则与音乐一样，只能是一次性的。因此，在这个点上我认为戏剧拥有更高的艺术性。桑塔格还说过这样一句话："戏剧可以转化为电影，而电影却无法转化成戏剧。"而我想到的是，尽管电影不能成为戏剧，但是却可以成为照片。

当然，苏珊·桑塔格所选的电影里集中了很多日本电影史上的名作，特别是有很多关于战争的故事。从以描写战争本身的《野火》为首，到描写战后日本人失落感的《浮云》及《安城家的舞会》，以及以尾崎秀实的佐尔格间谍案与泷川事件为主题拍摄的《我对青春无悔》等多部影片。苏珊·桑塔格曾在正遭受塞尔维亚攻击的萨拉热窝连续上演塞缪尔·贝克特的《等待戈多》。这种置身战火之中的生存态度，已经超越了她的评论家身份，从这个角度上讲，她选择的这些电影的确就是她的风格。然而，我是一名在战后失落感中诞生并成长的日本人，不可能和她拥有同样的视点。因为，再怎么亲日的外国人，都还会存着以前的敌我之分，那么，胜败双方对世界的认识也就会有所不同。这是我在美国这个旧敌对国的生活中所感受到的。

前一阵子，唐纳德·基恩在日本协会有过一次演讲会，我也去听了。九一八事变时还是学生的基恩回想当年的情景，他这样说道："我有中国朋友，当时不管是谁都明白，是日本侵略了中国，建立了殖民统治，对中国人施行迫害，怎么说可怜的都是被虐待的中国人呀。"我感到吃惊的是，连他这么理解日本的人，在战前，也有着非常强烈的反日情绪。当时整个世界都是这种感受，与现在我们同情被萨达姆·侯赛因虐杀的科威特人的感受是一样的。作为日本人，对于同一时期日本国内反美情绪高涨从而走上战争道路的整个过程，我也是非常清楚的。说起来，我就是在战后的失落期接受的教育，可是没有一个大人告诉我战争爆发的原因。父亲也好，母亲也好，小学老师也好，谁都不愿意去碰触这个问题。我们这些孩子就这样长大成人了。出于在旧敌对国生活的必要，我成了一个熟知日美开战经过的特殊的日本人。当这样的我要接替苏珊·桑塔格的工作对日本电影进行介绍时，我开始反复思量：她选择的都是与战争记忆有紧密联系的电影，那么我应该从什么样的立场来进行选择呢？

我得出的结论是，可以用"临刑者小曲"这句话来形容。这句源于江户时代的俏皮话，说的是在被人绑着押往刑场的路上，面对步步逼近的死亡，装得像没事人似的，一边哼着小曲一边让人拉着走。当时的日本人，身处战败及被占这种前所未有的形势之中，尽管懊恼悔恨，也要装作不在意，振作起来，坚强地活下去。战争虽然已经过去了六十多年，可这种坚强的生活态度已经深深地烙印在日本人身上。刑罚没有得到执行，不过通往刑场的路却没完没了地延续下去，如落无间地狱一般。在这个过程中，时间流逝、世代交替，当初遭审判的事情也被彻底遗忘了，甚至临刑之人自己也都忘了这种被押解的状态。于是，就只剩下那小曲，越哼越舒服。这就是我的视角，依此选择的电影如下：

《东京孩子》斋藤寅次郎 1950 年

《东京流浪者》铃木清顺 1966 年

《盲兽》增村保造 1969 年

《他人之颜》敕使河原宏 1966 年

《白绢之瀑》沟口健二 1933 年

《欢场春梦》神代辰巳 1973 年

《黑暗中的十个女人》市川昆 1961 年

我给每部作品附上自己的介绍文章，在这里我介绍一下其中的两部作品。

《东京孩子》

这是十三岁的美空云雀，以战败后的废墟为舞台，上演的一部凄美歌剧。扮演孤儿的美空云雀就像是照进黑暗生活中的一道光芒，从废墟到终于重建的都市，天空中久久回响她的歌声。衣衫褴褛的美空云雀，拿着劲儿唱着主题歌《东京孩子》：

东京孩子，欢歌笑语，朝气蓬勃，时髦漂亮，爽朗舒畅，右边口袋装着梦想，左边口袋有口香糖。

无名的街头吉他手跟着她唱的旋律伴奏，活灵活现地再现了昭和二十年代的东京。当时还有一首流行歌曲是《悲伤的口哨》：

《东京孩子》剧照

导演·斋藤寅次郎 | 1950 年 | 松竹株式会社

山坡上宾馆的红灯与船上的灯光熄灭时，码头下起小雨，悲伤的口哨，在爱的街角、小巷子里流动。

榎本健一扮演的骗子相士，破落画家小星，卖各种脸谱的艺人柳家百面相，这些住在三文长屋幸运庄里的人，个个形迹可疑，可是这些人如果活在现在，那就会是杰出的当代艺术家。花菱亚茶子扮演的父亲，当初抛弃云雀母子去了南美，杳无音讯，这时却发了财成了富翁回来。这部电影向我们呈现了日本从战败到《旧金山和约》生效前，那被占领的六年到底是个怎样的时代。

《东京流浪者》

这是一部完全超出黑帮电影范畴的实验性电影作品。原作者是《月光假面》的作者川范内康，导演是铃木清顺，他是与美术指导木村威夫一起拍摄了这部电影。他们这个组合拍摄的电影太过荒诞，导致了后来铃木清顺被"日活"单方面解雇。

这部电影以1964年刚办完奥运会的东京为背景。二十世纪六十年代的东京，每一个角落都充斥着现代主义的风格。电影开头的标志性景色就是崭新耀眼的首都高速、新干线、代代木体育馆。故事从金融业的吉井事务所开始。这家事务所墙壁上居然装饰着庞贝古城的壁画，这似乎预示着后半部分的情节发展将像维苏威火山的爆发一样。最精彩的是阿尔勒俱乐部的内部装修，也就是松原智惠子饰演的千春驻唱的那家俱乐部。整个极简主义风格的纯白空间里，只摆放了一尊举着巨大石轮的人体雕像，一眼就给人一种现代主义的感觉。在铃木看来，这尊雕像应了德川家康那句名言"人生就是负重前行"，象征了意欲摆脱黑社会的不死鸟哲也。让人吃惊的是，这种封建道德与江湖义气，在日本竟然可以用现代主义来表现。

电影中，另一个揭示东京现代主义背景的是那辆始终在雪原上奔走的蒸汽火车。同样，纯白的银色世界就是日本现代化遗产的象征，而蒸汽火车就像流浪者哲也一样孤独地前行。这部电影最精彩的部分是杀手蝮蛇辰造与哲也在雪原上的那场恶斗，背景音乐就是主题歌《东京流浪者》：

英雄终零落，舍情取大义……迎风问明日，娇人胸中寄，啊，东京流浪者。

这是说，哲也一念及千春，内心便愈发坚毅，从而鼓起斗志，奋力拼杀。那精心设计的预告片标语是这么说的。

我的心啊，有如微弱燃烧的炭火，怀着对不死鸟哲也的仰慕，回荡着浪漫的哀愁。"我从此不再碰枪！"铃木清顺就是这样刻画江湖好汉的孤独。

通过这种黑道人物，将演歌的世界以现代主义手法演绎出来。最后一幕，哲也离开阿尔勒俱乐部的身影，仿佛穿行于路易斯·巴拉干的建筑之中。

而我却沉迷于电影预告片的这句标语之中。在电影里，发誓不再碰枪的哲也正想要金盆洗手退出黑社会，而黑社会却教唆蝮蛇辰造去追杀哲也。我则妄自地由此联想到根据宪法第九条规定解除了武装的战后日本，与教唆日本参加伊拉克战争的国际社会。

直到最近我才知道，苏珊·桑塔格的日本电影系列首映这天，她会在上映之前发表一个演讲，我就借了录音来听，发现她不仅了解日本电影，对全世界的电影都很精通。她说，她在严格完成每天的工作之余，平均每个星期到电影院看五部电影。关于日本电影，她也对只能看到英文字幕版的表示不满。让我感到意外的是，在日本电影有数的那些著名场景中，她印象最深刻的一幕，是小津安二郎的《东京物语》中小女儿京子与原节子扮演的嫂子纪子之间的那场对话。当然，因为她是用英语演讲，所以其中一句对白，她解释为"Life is disappointing. Yes it is"。《东京物语》这部电影我是在学生时期看的，关于这部电影，我只记得它讲的是笠智众扮演的老父亲和老母亲一起从尾道去东京探望孩子们的故事。由于这句谜一样的话让我非常在意，所以，我立刻要来

DVD，看了这部电影。时隔三十多年再看这部电影，与我年轻时的印象完全不同。于是，电影最后的这一幕出现了。结束了东京的游玩之后，回到家，老母亲很快就病逝了。孩子们也都从东京赶回来，可葬礼一结束又全都急急忙忙地回去了。小女儿京子知道真正关心两位老人的只有阵亡了的次子的遗孀，即应该算是外人的纪子。这句台词就是那个时候的对话：

京子：真烦人，活在这个世上。
纪子：是呀，尽是一些烦心事。

当原节子扮演的纪子说出这句话的时候，我吓了一跳。她在说这句否定全世界的台词时，脸上却浮现着微笑，简直就像观音菩萨降临似的。这与我看过的那部印度电影里的美女场面完全重合，这世界上真是充满了难以想象的奇异感。我总觉得我的人生好像比这个时代要慢一拍，这次也一样。在苏珊·桑塔格指出这一幕之前，这部电影我看了也等于没看。而昨天夜里，我又发现了一个"慢一拍"的事情。我调查了苏珊·桑塔格的经历，注意到 2001 年 9 月 24 日她在《纽约客》杂志上发表的一篇署名文章。

桑塔格说："这次的事件，并不是对'文明''自由''人类'发动的一次'卑劣'的攻击，而是对一个自称世界超级大国的国家发起的攻击，然而，所有人都忘记了，这是美国迄今所采取的国际联盟及其行动导致的结果。而且，如果要用'卑劣'这个形容词的话，也不是针对那些为了杀害他人而采取自杀式行为的人（恐怖分子），这个词难道不更适用于无须担心遭到报复而从高处攻击他人的那些人（美军的高空轰炸）吗？"读着她的话，我想起了那个反复将"九一一"恐怖袭击称为"神风攻击"的电视新闻。而日本当年随"神风"而来的就是东京大轰炸，以及投向广岛、长崎的两颗原子弹。

我最后遇到苏珊·桑塔格的那一天，她正遭到所有媒体的猛烈批评。于是，我终于能理解，那天她为什么要阴着脸了，当然这也可能是我的胡思乱想吧。她的意志力也许并没有那么弱吧。我希望日本能再次迎来可以不用哼"临刑者小曲"的那一天。

[1] 修罗能：能剧曲目中以武士为主角的曲目，又称修罗物。传统的能剧包括五出戏，修罗能是其中的第二出。修罗能的曲目几乎都是以战败一方的人物为主角，称为负修罗；而以胜利一方为主角的，则称为胜修罗。

应有的样子

　　日本历史上可谓是名僧辈出，其中我觉得最亲近的是明惠上人[1]。圣德太子虽不是僧人，但他是一位崇敬佛、法、僧，正式承认佛教的人。他也是一位拥有皇室血统、有资格成为天皇的人，并称得上是日本知识分子第一人。随着他在历史中逐渐被偶像化，我们要接近并了解他也就困难得多。空海，他的强烈个性从他的书法就能看出。他是达·芬奇一般的天才，据说满浓池[2]那个土木灌溉工程是他改修的，京都东寺的立体曼陀罗[3]也是由他所作，这要换作现在，他就是一位观念艺术家、装置艺术家。而且他在高野山开山立宗，让自己带回来的真言密教成为国家佛教在日本生根发芽。他就像在改造国家一样，甚至可以说是劫持国家一样，旁若无人地活跃于那个时代。他的一生太卓绝，以至于他身上那些类似宗教式心理矛盾的因素也就被遮蔽。最澄是虔诚的和尚也是优秀的教团经营者，法然是发明了"念佛"这种修行法门的极简主义者，日莲是排他主义者，一遍是舞踏派，道元则是"只管打坐"。这些名僧、高僧个个都投身于他们的宗教热情中，广布教义收纳弟子，将教义发扬光大。然而，随着教团的发展壮大，出现了与当权者之间的冲突及教团内部的派别斗争，教团受到这些俗世政治的困扰。所谓宗教，本来就应该属于解除个人内心困惑的范畴，可是人多了也就带上了政治色彩。最终，甚至发展到了组建僧兵发动战争的地步。

明惠上人有过一段遗训："凡修行佛道者，无须求全责备，但若醒于松风，邀月为友，自然天成，进退自如。"所谓求全责备，是指所持的器具，另外也有持有甲胄的意思，这就暗含了对僧徒介入政治的批评。如果说西行是樱花诗人，那么明惠上人就是月亮诗人。他以月为友，勉励修行，开悟，让自己进退自如。在我的印象里，一般高僧都是寻求如何进，只有明惠上人寻求如何退。

冬月出云随我身

风雪浸月我犹怜

清心澄明境无边

素娥视我如婵娟

很明显，这是一首直抒胸臆的和歌，非常质朴地表达出月光之下独立山岩，心胸澄澈喜不自胜之情。可见，明惠上人已经达到人月一体、不分此彼的境界。

最近，我非常意外地得到一幅明惠上人的画像。画像中的明惠上人，目炬虚空，双唇紧闭，右耳削掉了一部分。让我感觉自己心里所想象的那个明惠上人的样子，就像是幻灯机放映似的，投影在了那古老的绢布上。勾勒出他脸部轮廓的线条干净利落，让我为之着迷。他双目炯炯有神，描画眼睑轮廓的线条连接着眼梢的三条皱纹，加上额头上的三条皱纹与鼻梁上的线条，暗示了画中所绘之人确实达到了一定的境界。赏画这件事，其实反映的是赏画人自己的认识，所以我在这张肖像画中看到的大概也只是我自己的心思而已。但如果没有这张画，我的心思也就无法成形。

明惠上人像（局部）
镰仓时代

这幅画像上部有段画赞，写着明惠上人所著《华严修禅观照入解脱门义》中的语句，画赞分七行，末尾写着"宽喜四年正月十九日六十一迁化"。所以这幅画应该是在明惠上人去世之后画的。在上人居住过的京都高山寺中，现存有三幅明惠上人的肖像画，其中广为人知的是他生前由弟子惠日坊成忍所画的国宝《明惠上人树上坐禅像》。据《高山寺缘起》的记载，明惠上人圆寂之后，由成忍对明惠上人眼睛、耳朵的尺寸进行精确测量，然后画了一幅与真人同等大小的明惠像。从此以后，这幅肖像画就被作为明惠上人的替身挂在了书院之中，宛如上人仍然活着似的。据说甚至到他死后二十年，那些装着他常念经书的箱子及香炉、磬等物品仍然原样放着，食物、汤药等也是每日供着。我推测，我的这幅画该不会是高山寺中那幅一直流传到现在的念珠像吧。然而，由于那幅念珠像经年累月地受到礼拜，画像损伤非常厉害，描线也几乎完全剥落，已经无法判断是不是这幅手持念珠的右脸画像。而只有一个地方可以与左页的这幅清晰画像进行比对，就是左眼。我可以肯定的是，这只眼睛同样是目炬虚空。估计这幅画像是以念珠像为底本，将明惠上人的肖像画复制成的粉本。粉本就是摹本的意思，虽然反复临摹之后必定与真人的模样越来越远，但是，我还是希望，这幅画像的画师是明惠上人同一时代的人，并且见过明惠上人本人，而他临摹的正是成忍的作品。因为凝视这幅画像的时候，我感觉自己不仅能感受到明惠上人的呼吸，甚至连他说法的声音都能听到。在这种幻听的引导下，我来到了上人的出生地纪州，开始了我的遗迹探访之旅。

明惠出身纪州有田的大豪族。八岁的时候，父母双亡，九岁就进入文觉上人创建的神护寺。十几岁时学习华严教学，然后也研修密教。十九岁时，劝修寺的兴然向他传授金刚界、胎藏界、护摩。在十几岁的时候，他就已经完全领会了佛教的教义。二十三岁时，明惠离开神护寺，幽居于家乡附近的纪州白上峰，想长期闭门不出。可是，不管累积多少学问，都只是知识而已，而宗教体验则属于个人问题，是存在于每个人心中的。来到白上峰，我不由得大吃了一惊。大概所谓的绝景指的就是这样的风景吧。明惠的草庵遗址就在一个高台上，站在那里，汤浅湾的风景一览无遗。汤浅湾向着西方敞开，湾中散布着苅藻岛与鹰岛。这风景本身就已经让我有某种神秘体验的预感。也许对明惠而言，这风景实在太美了，美到妨碍他的内省吧。不久之后，明惠就进到山的更深处，将草庵移到东白上。东白上也是在峰顶，端坐着一块巨大的岩石。往下看就是深谷，而深谷的尽头是广袤的海洋。明惠就是在这里开始专注于冥想的吧。之后，他就做出了那种奇特的行为——削掉了自己的耳朵。就像这幅肖像画中所画的那样，削掉了自己右耳上端的一部分。《明惠上人行状》中记载，"更应销形辞世，定心事佛"。"辞世"虽然也有自杀的意思，但"销形"的意思却不是死亡，而是苦思冥想以致憔悴消瘦。不管是"为爱消得人憔悴"，还是"为释尊消得人憔悴"，意思都是一样的。可能明惠极端地认为，对他而言，与释尊融为一体的唯一途径就是在极限范围内改变自己的身体模样吧。那为什么他要削掉耳朵呢？明惠的理由让我很感兴趣。刺瞎双眼，就看不了那些重要的经书；削掉鼻子，那鼻涕就会玷污经卷；斩断手掌，那就无法结印了。因此，耳朵可能是最好的选择吧。这其实是割腕自残者的心理。割腕自残者是在"不要忘记我""请关心我"这种内心的呼唤下这么做的，但是，明惠的情况却不同，他所要诉诸的对象并不是他人，而是自己的内心，是表达自己对释尊的思慕之情。削掉耳朵之后的第二天，明惠继续念诵《华严经》。于是，那种宗教式的神秘体验立刻就降临到明惠身上。金色的文殊菩萨

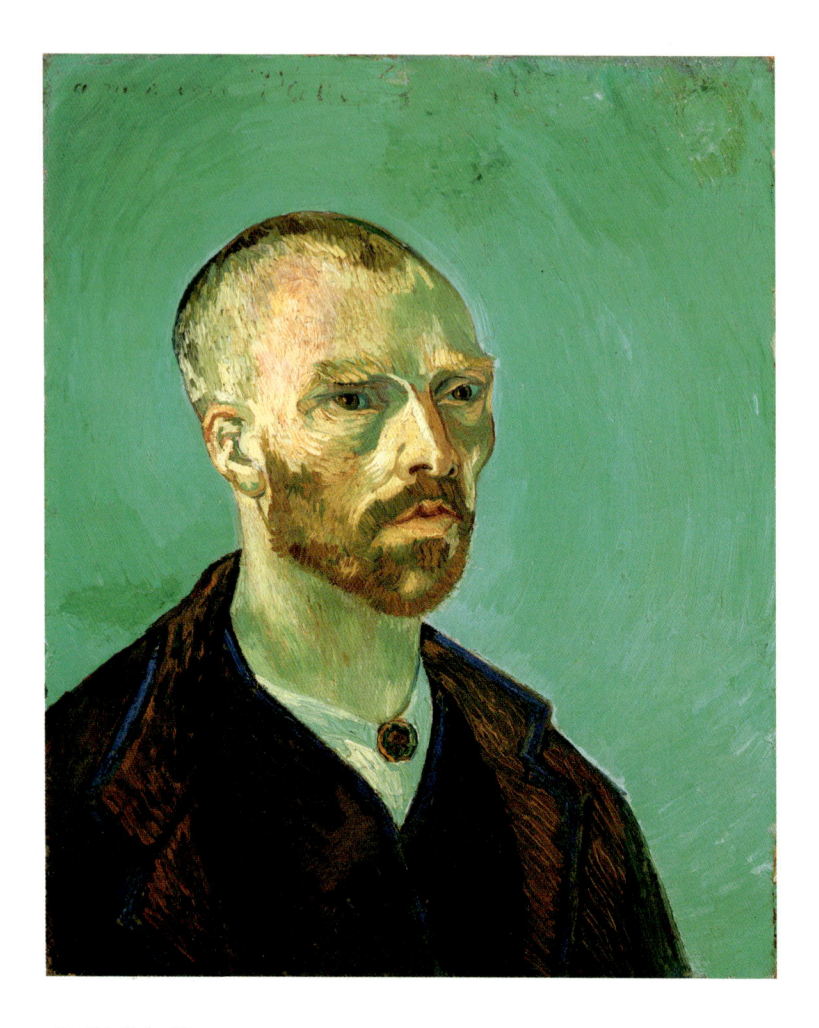

形似僧侣的自画像

文森特·凡·高 | 布面油彩 | 61 厘米 × 50 厘米 | 1888 年
Harvard Art Museum, Fogg Art Museum
Bequest from the Collection of Maurice Wertheim, Class of 1906, 1951. 65
Photo: David Mathews © President and Fellows of Harvard College

骑着金色的狮子飘浮于虚空中，显现于明惠的眼前。我也像明惠那样，在他打坐的那块东白上峰顶的大岩石上打坐，试着让自己沉湎于个人的妄想之中。可是，沉思片刻之后，睁开眼睛，我的眼前只有美丽的风景静静地展现在那里，寒冷的山气悄无声息地包围着我。

如果说明惠是因为宗教动机而削掉耳朵的话，那么文森特·凡·高就是因为艺术激情而把耳朵割掉的。凡·高那幅耳朵包着绷带、一脸痛苦地抽着烟斗的自画像人尽皆知。而在画这幅画的三个月之前，他画了另一幅带耳朵的自画像，这就是完成于 1888 年 9 月的 *Autoportrait comme bonze* （《形似僧侣的自画像》）。bonze 就是日语"和尚"的意思。在他与高更即将开始阿尔勒的共同生活之前，高更送过一幅自画像给他，而这幅画则是他作为还礼与高更交换的画作。在给弟弟提奥的信中，凡·高是这么说的："给高更的回信中我是这样写的：在我的这幅自画像中，我努力要表现的不仅是我自己，还要表现印象主义者的普遍形象。因此，我将这幅肖像看成是和尚的画像，一位永恒的、朴素的、佛陀崇拜者的画像——眼睛像日本人一样稍稍向上抬起。"

时代虽然不同，但是凡·高在年轻时也决定要成为一名宗教信徒。于是，他便奔赴穷人聚居的煤矿区博里纳日。然而，他那种过于偏离常规的献身行为却遭到了教会的排斥，就这样，他所信奉的牧师之路就被堵死了。可以这么说，凡·高的画其实就是他将那已无用武之地的宗教激情转移到艺术上的产物。明惠离开神护寺时，说了句"辞众人去"便离开教团，在白上峰闭门不出，他这么做是为了要直面自己。而凡·高，与其说他是因为被教会辞退才在绘画中找到关注自我的道路，不如说，这就是他唯一的出路。随着凡·高对浮世绘日益着迷，他开始将日本及日本人理想化。他将自己在基督教中无法实现的那种理想宗教状态，想象成在自然中像兄弟一般生活的日本和尚的状态。而这种状态与他自己想象中艺术家们像修行僧一样共同生活的画面相吻合。然而，现实中在他位于阿尔勒的黄色屋子里，加入他那理想的共同生活中的只有高更一人。两个月之后，随着割耳事件这种疯癫行为的发作，那种理想的共同生活也就宣告结束。

看着凡·高这幅画，这幅他将自己看成是和尚的画，不知为什么，我总会从中看到明惠的影子。虽然一幅是油画，一幅是绢本设色画，可是，在画中人物表情所表现出的那种类似紧迫感的神态中，能感觉到某种精神品质，某种超越时代与场所的精神品质，某种只有在宗教与艺术的名义下超越一切的人才酝酿得出的精神品质。

导致凡·高割掉自己耳朵的直接原因也是一幅肖像画。高更在与凡·高一起生活时，画了《画向日葵的凡·高》这幅肖像。当时高更从凡·高口中听说了他做传教士时在煤矿区发生的事情，知道凡·高在矿区奋不顾身、片刻不离地照顾那些被医生放弃了的受伤矿工，并挽救了他们的生命。于是，在这幅凡·高肖像中，高更将凡·高当成耶稣基督的幻影。当凡·高看到他完成的这幅画后，斩钉截铁地说道："这的确就是我，不过是疯狂时候的我。"那天晚上，当他们在咖啡馆喝苦艾酒的时候，凡·高就表现出癫狂的征兆。他将玻璃杯砸向高更的脑袋。好不容易躲开玻璃杯的高更让凡·高平息下来，将他带回家中睡觉。第二天，高更就告诉凡·高自己决定离开阿尔勒。于是，当天晚上割耳事件就发生了。高更的离去对凡·高而言，就意味着凡·高梦想的那种日本修行僧似的理想生活破灭了。理想的破灭直接导致了他癫狂的发作。数日后，包着绷带外出的凡·高做的第一件事情就是到自己熟识的妓女家中，将装在信封里的耳朵赠送给她，说"这是我的礼物，请收下"。高更在凡·高身上所看到的那种耶稣形象，对凡·高来说就是一种狂人形象。而耶稣在他那个年代，恐怕也是被法利赛人当成狂人吧。这之后，凡·高就在清醒与癫狂的循环反复中度过了他生命中最后一年半左右的时间。然而，凡·高的杰作很多就诞生于这些间歇性的清醒之中，如《丝柏》《星空》《向日葵》。

明惠的情况也是如此，在他割了耳朵的第二天奇迹就发生了，即文殊菩萨显现。所谓神秘体验，就是发生于个人内心深处的事情，如果能够将这样的体验转化成生命力，那就成为宗教式的神秘体验。但是，如果这种体验太过强烈，就会超出生活的范畴，人们就会把这种情况称作癫狂。

明惠上人九岁进入神护寺修行的那个时候，在意大利阿西西这个地方，后来被列入圣人之列的圣方济各诞生了。同样出生于十二世纪这个时代，他们互相之间是不可能认识的，但有趣的是，他们的生活方式却是一致的。明惠仰赖的是他对释尊的爱，而方济各仰赖的则是他对耶稣基督的爱。虽然各自所爱之人不同，但是在接近爱慕之人的道路上，梦都发挥了很大的作用。两个人都在梦中天启的引导下前进。方济各出生于富裕的商人之家。青年时代的方济各胸怀大志，作为骑士，他为了报效国王而奔赴战场，可是到了半路上，他在半梦半醒中听到了一个神秘的声音："谁更值得你去侍奉？主人还是仆人？"方济各回答道："主人！"那个声音又继续对他说："既然如此，那你为什么要追随仆人而抛弃主人呢？"这时候他才幡然醒悟，自己真正的主人是耶稣基督。方济各来到圣吉米那诺一座快要坍塌的小教堂里，在耶稣受刑图前接收到了下一个天启："方济各，你看到我的殿宇快要塌了吗？那你为我修好它吧。"从这时候开始，方济各便一边照顾麻风病人一边堆砌石头，以一人之力开始教堂的再建工程。然后，很快有同伴参与进来，他们像兄弟一般生活在一起。过了三年，下一个天启降临了。某个星期日的弥撒上，他听到了《圣经》中的一段话。基督赋予他向使徒们传道的使命。"基督的弟子们不能拥有钱、袋子、面包、拐杖、鞋子等物品，必须只讲述神国的事情。"听了这段话之后，方济各呼喊道："这正是我

圣方济各对小鸟传教（《圣方济各传》）
乔托·迪·邦多纳 | 1296—1299 年左右
© The Gallery Collection / Corbis / amanaimages

所希望的，这正是我所追求的事情，这才是我由衷想做的事情。"从此之后，他便在彻底清贫的状态下继续从事传教活动。而神的话语是应该由神的代理人教皇传达给人们的，所以在梵蒂冈教皇看来，像方济各这样从基督那里直接接受启示并进行传道活动的僧侣是要受到异端审问、判处火刑的。当时，受诺斯底主义影响的卡特里派[4]，标榜禁欲主义推进教会改革，就遭到了教皇的打压，一个接一个地被处刑、屠杀。欧洲中世纪的暗影随处可见。

方济各为了让教皇英诺森三世承认自己的会规，请求谒见教皇。教皇看到方济各衣衫褴褛的样子之后，就将他轰走了。不过，这一次做梦的是教皇。那天晚上他在梦中看到罗马教堂即将倾倒坍塌，而用双肩支撑着不让圣堂倒塌的却是一个卑微的修行僧侣。第二天早晨，教皇便将方济各召回，并授予他传教许可。在方济各开创的阿西西的圣方济各教会上堂里，有乔托绘制的壁画，向人们展示了很多《圣方济各传》里的传教场面。这些壁画大约画于十三世纪末期，与这幅明惠肖像画完成的时代大致相同。壁画中尤其出彩的是方济各向鸟儿们传教的场面。传记中记载，去罗马谒见教皇之后，他在归途中，将鸟儿聚集在树荫下对它们传教。

"鸟儿们呀，虽然你们不劳动，不耕种，不播种，也不在仓库中蓄积谷物，但神还是赐予你们食物，让你们穿上得体的羽毛。"通过鸟儿的这种生存状态，方济各要教导人们，人类也是自然而然地活在自然之中。对于生活在过度集聚的末期资本主义旋涡中的我们，方济各的话同样具有重要意义。

高山寺的《明惠上人树上坐禅像》中也画着松鼠与小鸟。在高山寺后山的楞伽山中，他一个人在树上幽坐冥想，小动物们自由地活动着，就像明惠也是它们的伙伴一样。这两位天人合一的僧侣，一位仰赖的是耶稣基督的足迹与话语，另一位仰赖的则是自己对释尊的爱。

三十一岁的时候，明惠按捺不住自己对释尊的感情，开始计划去印度探访佛迹。他进行了各种准备工作，详细调查了去印度的路程，列出随身携带物品的清单。某一天，当地一位年轻女子突然神灵附体，收到春日明神的神谕："远渡天竺不可行。"明惠的梦中也出现了春日明神。春日明神告诫明惠，释尊离开这个世界已经很久了，让他放弃现远渡天竺的念头，并给他一个神谕，让他将春日山当成天竺。从十九岁开始，明惠连续四十年像写日记一样地记录自己的梦境。对明惠来说，梦境中的生活也好，梦醒时候的生活也罢，都是一样的。甚至可以说，梦境是梦醒时候的行动指针，而梦醒时候的体验又会引导着梦境。

在明惠身上也出现过类似方济各不顾性命地与当权者教皇英诺森三世对峙的逸闻。那时候，后鸟羽院的军队败给镰仓北条氏的军队，权力由天皇家移交到了武士手中，日本政局陷入了一种前所未有的状态。明惠的高山寺也不可避免地卷入了动荡的政局之中。明惠将寺院周围那些逃难者藏匿在寺院之中。北条氏手下一名叫景盛的武士，对明惠一无所知，便擅自闯入高山寺追捕败逃者，将明惠强行带走，押到六波罗北条泰时跟前。面对着北条泰时，明惠说道："高山寺内禁止杀生。被老鹰追赶的小鸟与从猎人手中逃脱的野兽都懂得偷偷隐匿在这座山中勉强维持生命，更何况人为了躲避敌人而潜藏在这座山的岩石缝隙里，我岂能因为你说有罪就抛弃他们？如果你因为政道而感到为难，那就即刻砍下我的脑袋好了。"听了这番话，北条泰时反而从自己的为政之道中醒悟过来，皈依明惠座下。之后，北条泰时在京都担任六波罗探题的三年间，曾多次造访高山寺。北条泰时成为最高权力者执掌政权后，要将丹波国的一个庄园捐赠给高山寺，却遭到了明惠的拒绝。明惠告诉他："僧人贫困，靠他人的施舍为生就行，只要不放任自流就好。即便是末法之世，只要净身慎心也就不会缺衣少食，很多寺庙之所以会违背佛主的教诲变得卑鄙无耻，就是因为太富裕了。"这让我想起了方济各标榜的那种顺从、清贫、贞洁的生活方式。

明惠的遗训中还有下面这段话："人应该心怀'阿留边几夜宇和'[5]这七个字。僧人有僧人应有的样子，俗人有俗人应有的样子——背弃了这种应有的样子，一切就会变坏。"所以，明惠作为僧人，是按照他应有的样子坚强地活着。而凡·高也是在反复遭遇挫折的同时，坚持自己在宗教与艺术的夹缝中应有的样子。方济各回归的不是天主教会而是耶稣基督本身，为此他遵从天启按照自己应有的样子生活。而我则感觉到有个声音正从时代的彼岸向我们追问："你是以何种'应有的样子'活在当下的呢？"

[1] 明惠上人（1173—1232）：镰仓时代的华严宗高僧，被尊为华严宗中兴之祖。
[2] 满浓池：位于日本香川县多度郡，是日本最大的灌溉池。
[3] 立体曼陀罗：设置于东寺的讲堂，根据空海的构想，由二十一尊圣像组成。
[4] 卡特里派：又称纯洁派，中世纪欧洲反对正统基督教的一个派别。
[5] 阿留边几夜宇和：大意为"应有的样子"。此处的汉字只表音，无意义。

无尽的黑暗

也许任何工作都是这样的吧，当一项工作完成之后，总会有出乎意料的新方向出现。我是以美术创作为生的，工作时我总会担心，自己心中珍视的想象力源泉是否会随着工作的完成而枯竭。可是，每项工作完成时，我又都会觉得世界为之一变。对我而言，我与古美术之间的紧密联系，是将我引向下一个该做之事的重要心理原因。

森美术馆的个展（2005—2006年，"时间的终结"）差不多快结束的时候，我经人引见，前去拜访古美术界的一位元老级人物。这个领域里是不存在引退这个说法的。有时候，长期鉴定古美术品的人的眼睛里会隐藏着某种可怕的魔力。虽然我感觉他的身体就像是木乃伊，但那双眼睛却是妖艳的。他一生广结人脉，现在只要静静地、一动不动地坐在轮椅上，猎物就会像供品一般汇聚到跟前。大概这人也已经不需要水和食物了吧，只要有古董看他就能活，等到这些供品断绝的时候也就是他辞世之时。他先用锐利的目光上下打量着初次见面的我，对我进行评估。好歹算是合格了吧。放在我面前的是一个小箱子，用一块脏兮兮的包裹布包着。他也不对我说，而是自己嘟囔了一声："我玩了一辈子的古董，这样的东西我还是第一次遇到。"一般来说，按照风雅人士之间的传统，这样的说法不必当真。不过，在那个场合里，我仿佛听到有木乃伊的叫声正在地底下某个地方深深地回荡着。

从这个箱子中取出的是一个直径约两寸的金铜镀金舍利容器。大概"一见钟情"这个词说的就是这种情况吧，我在看到它那一瞬间就想要拥有它，但是，再下一个瞬间，我就告诉自己，必须将自己的注意力从这个作品上转移开，以免让他看穿我的心思。我抑制住自己心中的兴奋之情，先把它拿起来放在手上仔细端详。感觉比看起来的要稍微重一些，这是好征兆。铜器表面的镀金很厚，这也很好。盖子上带着一个小小的宝珠提纽，宝珠的样子非常可爱。揭开盖子看看容器内部，可以明显地感觉到，内侧的镀金也很厚，估计是用金箔压上去的。再把盖子盖上，看它

金铜镀金舍利容器
唐代

整体的样子，壶肩的线条流畅，样子虽小，线条却落落大方。我仔仔细细端详着这个铜容器，老人一言不发，眼睛紧紧追着我的视线。我深深地感觉到，不管我看到哪里想到哪里，都完全逃不过他的眼睛。因此，我也想试探一下这位老人。我想到的第一个问题是，这个舍利容器是日本制造还是中国的舶来品。如果是舶来品，那就是唐代的物件。如果是日本制造，那就是白凤文化时代（645—710）的物件，至少不会是天平文化（七世纪末至八世纪中期）之后的东西。"而最关键的是，如果是白凤时代的物件，那价格估计是我承受不起的。"我在心里自己嘀咕着。正在这时候，老者开口了："这估计是唐代的东西吧。"

在古美术品这个行业里，是存在利用一些物品来试探对方心思的情况。不过，要说这是一个疑神疑鬼、魑魅魍魉飞扬跋扈的世界吧，可偶尔也会有天使飞舞的时候。这是一个既可怕又美丽的世界。尽管我与这位老者是第一次打交道，但是通过这个金铜小壶，我却不可思议地在这位老者身上感受到一种奇特的亲近感，一种千年旧友似的亲近感。我立刻将我心里的这种感觉告诉对方。如此一来，就算是爱不释手的东西也都可以放手了。我将这个小壶带回自己家里，日夜观望。首先我试着把它放在二间（约3.6米）的壁龛里。小壶放在大壁龛里，就像是大海中的孤岛似的。不过，这种空间广度却镇不住这个小壶，它散发出来的存在感让壁龛的每一个角落都充满了紧张感。我始终认为，物品的存在感不在于物品的大小，而在于它的本质。然后，我将《二月堂烧经》卷轴挂在壁龛墙上。这是东大寺世代相传的天平时代写经。我确信这个舍利壶与这幅天平时代字轴所散发出来的是同一时代的气韵。

我对着这个小壶，时而近赏时而凝望，有的时候，一边抚摸一边任由时间流逝，那种触觉与视觉相融的感觉便涌上心头。我总觉得这个小壶仿佛在向我讲述那千年的往事。当然，作为现代人，我要努力做出合理的判断，可是我感觉到有种类似"气"一样的东西在引导我。我想起那位老者说过，"这个壶是'裸'着出土的"。也就是说，像记载传承的题字、以前的所有者，所有这些相关信息都没有。老者想说的是，这个壶是新近出土的东西。这一点，只要看这个壶身上镀金的感觉就可以大致做出判断。就如在法隆寺献纳宝物中所看到的那样，经过千年的爱护与膜拜，金铜制佛像表面的镀金散发出金色的钝光，这种感觉就被称为传世感。与此相比，从遗迹中新近出土的金属工艺品，锈迹及泥土剥落之后，表面的金色显得更为鲜艳。当然，在这个领域里，有传世感的物品才是上品。而这个壶的感觉，还是更倾向于出土文物。

本来，舍利容器是指用来装纳释迦牟尼遗骨的容器，然而，对于我们这样的现代人而言，是不相信有这种东西存在的。而且，历史上真实的释迦牟尼也并没有想过让自己的遗骨被人传世膜拜这类事情。释迦从来都反对偶像崇拜。可是所谓的教祖与教团，性质是完全不同的。释迦圆寂了一百年之后，教团就发展壮大，哲学式的教义也愈加完备，可是对真实的释迦的记忆却变得淡薄了。很快，那种值得怀念的对象物就变得非常必要。于是，就出现了被当作佛祖足迹的佛足石，诞生了作为佛祖遗骨的舍利信仰。为了祭拜这些舍利，甚至还建造了一种叫窣堵波的塔。

不仅佛教如此，基督教也是如此。欧洲中世纪反复出现的十字军远征，其最大的一个目的就是要将被视为基督遗骨的圣物

随顺一切如来善根从一切
名菩萨摩诃萨无尽信藏菩萨云
能闻持诸如来法廣為一切眾生
何等為菩薩摩訶薩戒藏此菩薩
戒不受戒无著戒安住戒不
不雜戒離邪命戒離惡戒清
益戒此菩薩先當饒益安樂
受戒此菩薩不受外道戒具

二月堂烧经 [绀色纸、银字《华严经》（局部）]
奈良时代

从沦为异教徒之地的耶路撒冷夺回。于是，每次远征带回欧洲的那些可疑的圣物就变成了信仰的对象。不过，这是现在才这么说的，生活在古代或者中世纪的人，他们对佛舍利及圣物的思慕确实是非常真挚的。我们现在信奉了自由、民主主义以及理性思想，自然也不能去怀疑这样的信仰。而几百年之后，自由、民主主义以及理性会受到什么样的评价呢？我想，那时候的人也许会说"以前的人是真心相信这样的迷信"。我在思考舍利信仰时这么认为，不管在任何时代，如果什么都不信的话，那么人类的共同社会也就无法成立。而在历史的长河中，信仰总是会随着时代腐朽老去。

凝视着这个小壶，我就会浮想联翩。三重塔也好，五重塔也罢，应该被称为塔魂的就是所谓释迦遗骨的舍利子。为了供奉这小小的舍利，建造了巨大的佛塔作为标志。然而，日本进入平安时代之后，就彻底忘记了往佛塔的中心基石中装放舍利的传统。这样，塔就是为了建造而建造，是为了服务教团的权威而存在。记载中的那些放在奈良时代佛塔中心基石里的舍利容器，现存的就只有几个了。大正十五年（1926）的调查报告中记载了法隆寺五重塔中心基石下方确实有个石室。而昭和二十三年（1948）法隆寺五重塔解体修理的时候，支撑中心基柱的基石下方，九尺六寸的位置，有一块穿孔的石头，那里有一套舍利容器。外面是一个铜制容器，里面装着银制与金制的卵形容器，卵形容器中还有一个琉璃瓶子，可以肯定，舍利就是盛放在这里面。解体维修之后，这些容器又被放回原处，现在已经看不到了。还有一组名品是崇福寺的舍利容器。崇福寺是天智天皇离开大和地区以后，在琵琶湖畔开辟大津京时的敕愿寺。这个短命之都让我想起了从他与弟弟大海人皇子之间发生不和到"壬申之乱"为止的持续争乱，想起了天武天皇之子大津皇子的悲剧。现在只有舍利塔的基石还残留着，昭和十四年（1939），在这个基石的横洞中发现了一套舍利供奉器具，金铜外箱、银制中箱，而浓绿色的琉璃壶中装放着舍利。每次去京都国立博物馆，我都会避开混杂的特设展览，在常设展示馆中的这个舍利容器前驻足片刻。这已经成为我的习惯。看到这样的造型，就很清楚舍利是多么珍贵的东西。我自己对舍利是没有什么信仰，然而，古代人对舍利信仰的程度，以及这种信仰存在的事实，让我心存一念信仰般的敬畏之情。

得到了佛教的考古遗物之后，我便开始阅读《佛教考古学论考》全六卷，这是由自称"瓦砾洞人"的佛教考古学创始者石田茂作所著。我注意到其中有江户时代中期的资料，记载了法轮寺佛塔的佛舍利缘起，而法轮寺与法隆寺都是飞鸟时代（592—710）圣德太子建立的。

元文己未年（1739）要对遭受重大损坏的三重塔进行重新修复。当时是七月十九日，要在已经朽损了的宝塔中心柱木桩上打孔，召集壮工，挖地一丈左右。在六尺见方的地基中心处，有一个金盖，打开之后，从塔内部向外散发出不可思议的馥郁芳香。凹处有一个黄金壶，其余的地方堆积着名香。

我有一种感觉，仿佛我的这个小壶最后在塔下深处的小石室中，将一千数百年前对光的记忆封印在重重黑暗之中，到了现在这个对佛舍利早已丧失信仰的时代，才从深沉睡眠中醒来，出现在我面前。

大约过了半年，某一天，我在京都一家熟识的古董店里聊天时，听说最近放出一批天平时代的建材。一听是天平时代的，我就感到一阵心惊肉跳，可见这种古董病已经侵入我大脑的中枢部位。一打听，才知道这是一批当麻寺三重塔的古建材。根据资料记载，当麻寺东塔建于天平时代。虽然中世与近世有过修理记录，但是，在明治三十五年至三十六年（1902—1903）才被全面解体维修。当时，用明治时的新材料替换那部分受损而不能使用的旧材料。不可思议的是，为什么这种东西到现在才被放出呢？当时是一家与明治、大正时代著名茶人益田钝翁有关的古董店得到了这些古建材，可能是他们得到以后就给彻底忘记了吧。益田钝翁是近代一名罕见的茶人，他学习千利休的独创精神，发展出自己的特色。他将那些因宗教味道太重且来历不明而遭到嫌弃的佛教艺术带到茶席中，并把天平古材运用在炉缘及壁龛柱子等地方，开创了品茶时缅怀悠久历史的茶道新风。

我请他们将所有的古建材送来，让我能亲眼看到实物。说实话，当时我还是半信半疑，在等他们送来的几周时间里做了一些调查。幸好明治时代修理的记录都还留着，也有佛塔修理之前的照片。照片里,那佛塔的样子简直就快要倒塌了,屋顶线条呈波浪状,前端部分用很多支架似的临时支撑柱勉强撑着,塔顶的相轮也倾斜了,好容易才立着的样子。虽然资料中也记载了各个构件的尺寸,但标准因时代而异,天平时代的佛塔是按照天平尺这种尺度来设计的。我想这就是辨别真伪的办法。

然而,等到我亲眼看到实物的时候,我准备的这些知识全都派不上用场,因为古代的测量技术是多样而随意的。檩条上有安插椽木的凹槽,椽木的间隔都不是等距的。而椽木多少都有些弯曲。我慢慢理解天平时代木匠们的心境。檩条上那些凹槽的位置是根据每一根椽木的特性通过目测来决定的。所有人都按照预定的设想建设,让这座塔在组建完成的时候能够整体呈现出绝妙的平衡感,而不是现在这种严格按照图纸的做法。我必须首先认识到一点,那就是自己的常识其实是一种偏见,在古代是不能按照固定标准来测量的。

然而,这些历经千年的木材比任何东西都更具有存在感,这种存在感以一种压倒性力量直逼我的面前,简直就像非洲雕塑一

反重力构造

杉本博司 | 2008 年

般狂野。古代的建材是在丝柏这类木纹流畅的圆木上打上楔子，然后切开制作的。粗齿锯是室町时代之后才出现的。切开后的那些木头，要用枪刨这种长刀一样的工具将表皮刮掉。尽管随意加工的木头表面上凹凸不平，但整体看又非常美。构件暴露在空气中的那一面涂上了朱红色，因为被多次重新粉刷过，所以仍然非常鲜艳。而没有重新粉刷的部分则残留着一层薄薄的锈红色与白色黏土，估计是创建时的东西吧，美得让我窒息。

最让我高兴的是，这批古建材中有六根檩条，这样就能知道天平时代的屋顶曲度。奈良、平安时代的日本建筑，檐牙曲线是优雅轻快的。这就是宇治平等院的檐牙曲线被誉为展翅欲飞的凤凰的原因。它所呈现出来的是一道舒缓的弧线，其中无一处是直线。到了镰仓时代，屋顶线条的中间部位就逐渐变成直线。江户时代，中央的三分之二是直线，只有屋檐两端恶心地向上翘起。能保证所有线条曲线优美的是佛塔设计者，也就是现今的建筑家兼现场管理的领导者，他们必须拥有一丝不苟的施工管理技术。然而，从中世纪到现代，随着时代的推移，测量技术越来越精确，并且能利用图纸传达施工指示，如果是简单的直线，也就可以委托他人完成了。后来，粗齿锯也出现了。到了江户初期，代替枪刨的台刨也出现了。只是，时代选择了缩短工期的方法，却放弃了优美。因为这样的方法省钱。高度的技术化导致感性的劣化。而现在的装配式建筑只要两个月就可以建成，日本建筑就这样彻底堕落了。

明治三十五年的解体维修报告中并没有关于基石调查的记载，估计是因为那个时候以考古学角度研究佛教寺院的观点尚未出现吧。我看着这个已经曝光的小壶，心里想，与其为了研究而把石室挖开让佛舍利暴露于光天化日之下，不如让美丽的佛塔与长眠于地下的天平时代的黑暗一起，一直挺立在那里。

在京都确认完这些古建材之后，我直接就奔当麻寺去了。当麻寺静静地伫立在美丽的二上山前，这里至今还是一个交通不便的地方。正因为如此，相比奈良那些混乱拥挤的古寺，当麻寺至今仍保留着天平时代的氛围。正殿中有大讲经堂，再加上东西两塔，像这样将古代至中世纪的伽蓝配置原样保留下来的就只有当麻寺了。我马上开始细节的观察，早上看到的那些古建材被我在脑海中一片片像拼板玩具似的组装起来。结果，我在东京的住所，就被这些古建材塞得满满当当，几乎连立足之地都没有了。对我来说，我这是生活在国宝的碎片之中，可在别人看来，也许我只是埋没在瓦砾中生活吧。

我与那个从佛塔中心基石中挖掘出来的舍利容器一起，每天就看着这些天平时代的佛塔建材过日子，结果，我感觉自己就像是被留在腐朽的古塔遗迹中似的。幸好，我擅长摄影。于是，我有了一个作品构思，就是按照当麻寺东塔各个构件的实际尺寸进行拍摄，然后重建一座复制的佛塔。当然，这个作品要与材料实物一同展出。摄影家一般拍摄的就是实物，照相就是复制。但是这次情况不同，我拥有实物的一部分，而我拍摄的作品里也包含了明治时代的照片。我感到战栗，仿佛自己一脚踏进了俄狄浦斯的悲剧中，踏进了那个母子乱伦的禁忌世界里。

第二年的晚秋，我做好所有的准备，来到当麻寺。一天接着一天，从日出到日落，没完没了地进行拍摄。沉入身后的这座二上山的夕阳是神秘的。这个寺庙也是诞生中将姬传说的地方。据说，藤原南家的小姐因感应到了阿弥陀佛，只用了一个晚上的时间，就用莲丝织就了一幅《当麻曼陀罗》，这件曼陀罗至今依然被供奉于此。对于这件据说完成于天平时代的曼陀罗，研究者在意见上也有分歧，有的认为是来自唐朝的舶来品，也有的认为是日本制作的。折口信夫有感于这个传说，写下了《亡灵书》。这部小说的开头是这么写的，当麻寺在这里建成的时候，因被冤枉谋反而遭杀害的大津皇子在二上山山顶的石室中睁开了双眼：

> 他慢慢地从睡眠中苏醒过来。在漆黑的夜里，在沉积的冰冷压抑之物中，他睁开了眼睛，苏醒了过来。

这是折口信夫笔下的亡灵之声，这是大津皇子苏醒时发出的上气不接下气、逐渐微弱的气息，这是发出这种气息的古人的语言威力。每一次读这本小说，我都浑身哆嗦，我真切地感受到，折口信夫依然活在那个时代，而且他全部身心都脱胎换骨变成了古人。

> 已经结了冰的岩床。两侧牵拉着乱石堆砌的墙壁。岩石缝里传来水滴"滴答滴答"的声音。

我想，假如我没有遇到这本小说，那么我重建护王神社的计划估计也不可能实现吧。

顺利地完成了当麻寺的摄影之后，我才认识到，我作为一名当代艺术家，并不是为了自我表现而创作。我心中的自我，步履蹒跚地来到这漫长的民族历史尽头，只为了窥视彼方迷失了的远祖之地；我心中的自我，不过是盲人手中的盲杖，只能一点一点地敲打着那通向历史的道路，依靠回声的引导来从事我的创作。

离开寺庙的那一天，美丽的夕阳再次目送我离去。我想起了大津皇子的死，想起了二上山山顶上那间石室里的黑暗。那无边无际的黑暗，那无尽的黑暗。

母 亲

我的母亲今年（2008）八十二岁了。我一直以来所认识的她，每天坚持日本传统舞蹈及插花等各项活动。最近，我发现她偶尔会凝视着虚空发呆。仔细想想，关于母亲的人生，我其实并不是非常了解。特别是她与我父亲结婚之前、少女时代的那些事情，几乎就没有听说过。如果说是因为在丈夫面前有所顾忌，可我父亲在二十多年前就已经去世了。我意识到，我应该在现在，对母亲做一个采访调查，了解一下她在我出生之前的生活。

关于母亲的父亲，我曾经从外祖母那儿多少听到过一些。明石市的通信网络在战争末期的空袭中遭到破坏，他作为通信省明石局局长，为了重新修建通信网络，废寝忘食地拼命工作。然而，一天早上在铁道线路的山崖下，发现了他的尸体，被当成那种被轧死的不明身份者。那一年还发生了国铁总裁被轧死的下山事件。根据外祖母的说法，这与当时电话线路设置的利益纠葛有关，外祖父因不肯收受贿赂而被人除掉。那时我刚出生一年。

我的父母是相亲结婚的，这是当时的普遍现象。母亲的叔父是在东京经营美容材料的商人，我父亲是他的掌柜。一上来就直奔主题：结婚前有没有恋爱经验。答案是：有的。

太平洋战争爆发的时候，从女子学校毕业的母亲在神户的三井物产找到了工作，负责会计事务。当时，她因参加基督教女青年会的活动而在教会认识了一位青年。她说是一位美男子，比我父亲帅多了。虽然没有什么山盟海誓，但互相之间都认定对方是结婚的对象。可是，征兵令下达了，他便出征上了战场，一直到战争结束，都音信全无。母亲以为这人已经死在战场上了，就于昭和二十二年 (1947) 与我的父亲结婚。而我刚出生没多久，这人就活着回到故乡，并到东京来与母亲见面。要是当时我没有出生，估计母亲就会回到他的身边吧。也许是我的存在阻碍了母亲的爱情之路吧。

尽管是在战争刚结束的那种混乱状态下，母亲仍然继续在三井物产工作，她自己告诉我，年轻时候的她在优秀白领中备受宠爱。那时听到东京那位叔父说的相亲之事，母亲立刻就写了一封拒绝信。结果收到这封拒绝信的回信，信中只写了一句话："井底之蛙，不知大海。"大概是这句话刺激了母亲的自尊心吧，于是就同意去相亲了。

一想到如果没有这句话就没有我，就觉得不可思议。好像我是因为这句格言才得以降生于这个世界上。而比起这个，最让我震惊的是母亲说的下面这句话："我为什么会生孩子呢？简直太不可思议了。"当她知道已经怀上我的时候，连性行为与生孩子之间的因果关系都不知道。她完全没有接受过性教育，大概也就只被告知"结了婚就会生孩子"吧。至于母亲所说的"初夜的惊恐"到底是什么情况呢，问这种问题毕竟还是有忌讳的。然而，仅仅一句"吓坏了"，即便是在时隔半个多世纪的现在，做儿子的我也能从她的表情里感受到那种身临其境的感觉。于是那个时候，我脑子里一下子冒出一个疑念，该不会就是这时候怀上我的吧？他们结婚是在春末夏初时节。我是第二年的二月出生。以十个月零十天来算的话，我出生得有点早了，但我总觉得自己就是在那个新婚之夜怀上的。那一夜，母亲在惊乱之中体会到了性的战栗与喜悦。这位即将成为母亲的处女怀上了我。那一夜，我的母亲用她的纯洁换来了我的生命。

这就是我询问调查的结果。我始终觉得三岛由纪夫的《假面的告白》的开头有点过度演绎了，可是这究竟是怎么回事呢？

乔治·巴塔耶是一位对情欲有深刻考察的思想家。他认为性欲是人类脱离动物的分水岭。就是说，他是将人类意识产生过程作为色情史来考察的，而我则是将大海的影像作为一种接近古人意识的方法，我认为这二者之间有着某种一以贯之的共鸣。最近我意识到，正是巴塔耶那种关于情欲的思考触发了我这种追溯人类意识起源的想法。

在法语中，将性交时的高潮称作"小死"。死亡的意识化，是人类从自然界中听天由命的动物向人类进化的里程碑。五万多年前，尼安德特人建立了墓标，从而对死亡有了意识。人类的祖先本来就是自然界的一部分，活在既定的生活里，毫无意识地死去。然而，双脚直立行走使人类空出来的双手拿起了石器，从而让人类开始作用于自己所生活的自然界。坚硬的核桃只要用石头砸开就能吃了；砸裂石头做成锐利的石片，再捆扎在棒子前端，就可以杀死比自己大的动物。对自然的干预促进了人类意识的发展。要想利用工具来捕猎就必须伏击猎物。要布置陷阱就必须设想出"明天"这个未来时态。这样人类意识开始朝着"获得时间意识"前进了。于是，人类就知道自己是会死的。

人类将世界对象化之后才拥有了意识。但是，死亡的意识化也给人类带来恐惧与不安。对古代人来说，性冲动作为一种与死亡同样强大的狂野力量是被禁止的。这样，作为动物的人类以一种自我否定的方式，使完全顺从自然欲求的兽性成为禁忌。近亲通婚的禁忌就源自于此，而且死亡也成为禁忌。在原始社会，死亡是与杀人直接联系在一起的。因衰老而自然死亡的现象是极其罕见的。

禁忌也是文明的开端。对兽性及"死亡＝杀人"这种模式加以规范，将这些行为规定为不可犯之事。于是，世俗的人类社会就出现了。然而，一旦狂野的自然力被禁忌化，这种禁忌行为反而会增加这些自然力的根源性魅力。这样，作为对自然的双重否定，人类想出宗教、艺术、情欲，想出了超越人类世俗的神圣世界。法因违犯而被制定，性因隐匿而变成情欲，神圣性则因对污秽的恐惧而得到崇拜。文化人类学的报告显示，即便是现代，在那些尚未开化的部族里，官能式交合与生育之间的联系还没有得到认识。情欲之所以异于动物的性冲动，是因为人类有自己的目的意识。所谓目的，就是官能上的愉悦，也就是要达到"小死"的境界。这种原始意识像炙热的火焰一般残留于母亲的意识之中，让我从中获得了某种奇特的感动。

当我认识到现代人的血液之中也流淌着人类原初的血液时，我看到电视上正播放一条来自亚马孙腹地的新闻，说是发现了一个从未接触过现代文明的部族。从直升机上所拍摄到的影像中可以看到，有十几个人在原始森林中一边挥舞着木枪一边对着直升机做出威吓的样子。显然他们就是生活在新石器时代的现代人。我怀着一种奇妙的心情观看这段影像。在亚马孙无边无际的深山老林之中，肯定有各种各样的生命，有鱼类、鸟类，也有包括人类在内的哺乳类。哺乳类全都用四只脚在森林中敏捷地活动着，可人类却在摇摇晃晃、很不敏捷地双脚步行。从整个森林的生态系统来看的话，这种行为看起来是非常怪异的，很难看，而且很不自然。可这种运动能力差、像杂技一样行走的动物，恰恰能在激烈的森林生存竞争中幸存下来。那种让他们幸存下来的技术，正是他们挥舞着的木枪与使用这种木枪的意识。直升机缓缓往下降，接近到离这些新石器人的头顶十米左右。每一个人的表情都看得很清楚，那些人脸上交织着愤怒与恐惧。而且，每个人都在大声地吼着。有一个人像发了疯似的剧烈摇动身子。衣服只有一块腰布似的东西，用来遮挡性器官。看到这个发着轰鸣声下降的巨大的金属鸟，这些人会想些什么呢？这个可能连文字都没有的部族，大概会将这件事记住，世世代代传说下去，说不定能成为神话。但是，当我想到他们挥舞的木棒前端所捆扎的石箭头将会发展成为一种工具，并且最终会发展成为在天上飞的金属大鸟时，我仿佛看到一万年一下子变成了瞬间。

新石器时代，就相当于日本的绳文时代。大约是二十五年前，我刚刚开始购买古董的时候吧，在川越的一家古董店里看到一组奇特的东西，是一对大小约为三十厘米的石棒。我的脑子里猛然浮现出许多现代抽象雕塑的造型，如亨利·摩尔、康斯坦丁·布朗库西、野口勇等人的雕塑作品。之所以称这些人的作品为抽象雕塑，是因为他们的雕塑造型是从具体的物体中抽象出来的，换言之，就是从世俗的东西转变成超越世俗的神圣之物，即转变成艺术。但是，我认为这对石棒与这种现代人的意识不同，而是另外一种意识进程中的产物。它的造型是神圣之物与世俗之物的融合，是具象与抽象分化之前的那种浑然一体的造型，与其说它们像现代抽象雕塑，不如说它们直接以原始的形式将原始作为造型表现出来。很明显，这种造型就是在世界古文明中所能看到的"Phallic Symbol"（阳具符号），即所有男根崇拜的造型。在考古学资料中我曾经看到过这种造型的照片，但是实物还是第一次看到。与男根石配对的那根稍小一点的石棒，顶端是凹着的。我试着把这个凹口与男根进行比对，发现凹口与男根的前端正好吻合。这个男根石的搭档应该也可以叫作女阴石吧。听古董店店主说，这是他从附近的采购站带回来的，说是某个神社的礼拜对象。为什么这样一对让人敬畏的东西会被放在古董店的一隅而不受供奉呢，我感到非常惊讶。一打听价钱，发现这么古老的东西竟然便宜到不可思议的地步，简直就是按一年一日元来算的。"神已死"这句话已经是老生常谈，但是贬值到这种程度，还真是令人难以置信。当我非常爽快地说"我要了"的时候，店主脸上流露出一丝惊讶的表情。他探头盯着我的脸问道："真的要买这种东西？"

这个古董店的得意领域估计是武具吧。美丽的铠甲与头盔端坐于壁龛之中。怎么看这些都是战国时代（1467—1615）以后、已经没有战争的江户时代的工艺品。前面斜放着一把著名刀工关之孙六的刀。

观察古董的世界，会有无尽的兴趣涌上心头。尽管是同一行业，但是经营佛教艺术及考古遗物的商人与经营刀剑及武具的商人之间却不怎么交流，甚至对藏品判断的理念也不相同。我问这里的主人，有没有佛教艺术品，他给了我一个有趣的回答："佛像是救人之物，我们经营的是杀人之物，杀人工具这种东西是世界上最美的。"原来如此，救人工具与杀人工具是不能放在一起

石棒

绳文时代

经营的。佛挽救人的灵魂，而刀却给人设绊。我居然也不可思议地接受了这种说法。

在我看来，这对石棒的造型体现的正是俗圣之间的兽欲升华为情欲的人类意识。由于人类将死亡意识化了，也就不得不去思考死后的世界，特别是诞生于印度的佛教，与其说是让死亡的形而上学得到发展不如说是让死亡心理学得到发展。只要看古坟时代的坟墓形式，就可以看出日本的死亡意识化过程中对死后世界异常关心的程度。然而，遗憾的是，这种祭祀的具体细节却并没能以文字形式流传下来。

六世纪，佛教从大陆引入日本的时候，国内分成了废佛派与崇佛派两股势力，并发生了争斗。维护我们国家固有信仰的保守派——废佛派物部氏，败给了圣德太子率领的崇佛派苏我氏，佛教便在日本扎根立足了。圣德太子非常了解，发展于大陆的佛教文化拥有压倒性的力量。也就是圣德太子让当时的日本现代化获得了成功。而这其实就等同于日本的中国古代化。到了明治时代，又是以同样的方式重新上演了这一幕。

不过，排除了废佛派，并不意味着要抛弃自古以来日本固有的信仰，即那种泛灵论式的对八百万神灵的信仰，而是以非常日本的方式来接纳大陆文明。一方面接受了像唐朝都城长安那种以北极星为中心、以南北轴为中轴的城市规划，另一方面，却拒绝接受专门服务于宫廷的宦官制度，因为阉割好像很疼。就这样，大陆文化通过这种日本式的过滤得以引进。

宗教最关心的事情之一就是要求慎重对待"死亡"。天皇制逐渐地统一起来，天皇家族成为最大的豪族之一。强大的豪族通过建设巨大的坟墓来彰显自己的力量。佛教中有很多关于冥界的哲学思想，那么只要将其中的"死亡"观念直接继承就可以了。而自古以来的信仰、神道式的礼仪则与诞生有关，于是就被局限在那些喜庆的神事上。这一点直到现在也都如此，从而成为日本固有的葬礼佛教的起源。总之，以圣德太子为首的古代知识分子们想出了一个绝妙的主意，在宗教中将"死亡"分离出来交托于佛教来处理。不祥之事就外包出去，喜庆的神事则继续沿用古式。于是，以伊势为首的神宫系统就形成了，随之而来的就是国分寺及神宫寺也作为国家战略修建起来。把"死亡"全都外包出去之后,"传统的死亡"就消亡了。古坟也不再修建了。

关于石棒的联想无限地衍生,让我想起男根崇拜也是落语的一个素材。因为父亲喜欢落语,我从小就常去曲艺场,听了很多不被公开播放的艳闻。巴塔耶所说的情欲,在日语里就叫作"艳"。我还记得落语家古今亭志生在引子里说的一个小故事。

"以前,在龟户那一带,有种生计,经营的是一种稍微有点怪异的东西,要说这些商人卖的是什么呢?呃⋯⋯不好了,到底叫什么名字呢,嗯⋯⋯"就是以这样的腔调,缓慢地沉吟着。正当客人这边真的以为"这位老爷爷真的忘记了"的时候,他终于开说了:"嗯,店名叫四眼屋,卖的东西好像是叫张形(假阳具)吧,就是给太太们用的,男人的替代品。这是江户时代的事情了,老爷们去江户市中参观学习,在那儿,会看到一些名叫某某小町的美人。在这里多待几天,就知道她们是传话人,在大奥(后宫)工作。这些年轻妇女,一大群的,过着没有男人的生活。这对身体健康可不好哦。因为,据说憋得太久的话,身体会坏掉的。因此,女官就会到这个大奥御用品承办商的四眼屋来买东西。店主就从内堂拿出样品给她们看：'这样的，觉得如何呀？'女官红着脸蛋岔开视线，说道：'再、再稍微大一点的。'店主再一次消失在内堂，接着拿出下一个样品：'这样的，觉得如何呀？'女官低着头，说道：'再、再稍微大一点的。'"

这是只有志生才能讲出来的故事。"哎，终于，以女官身份为公家服务的年限结束了，要回下町的父母家住去。母亲看到女儿回到家里的样子，怎么看都不顺眼——腹部那个地方鼓起来一点。母亲就向女儿问个究竟：'孩子父亲究竟是谁呀？是哪个地方的人呀？该不会是将军大人吧？'女儿摇着头什么也回答不上来。不管母亲怎么问就是不说。突然，母亲提起女儿的手来一看，里面放了个什么东西。拿起来一瞧，那个四眼屋的张形露了出来。母亲就质问女儿：'难道你以为用这东西就能生孩子吗？'说着，转过来一看，上面刻着作者名字：名家，左甚五郎作。"

自古以来，情欲与艺术之间始终保持着某种剪不断的联系。在艺术中，那种官能性有的时候也可以用来表现圣性的崇高。年轻的我从志生说的艳闻中学会的就是"什么是艺术"。

车轮石

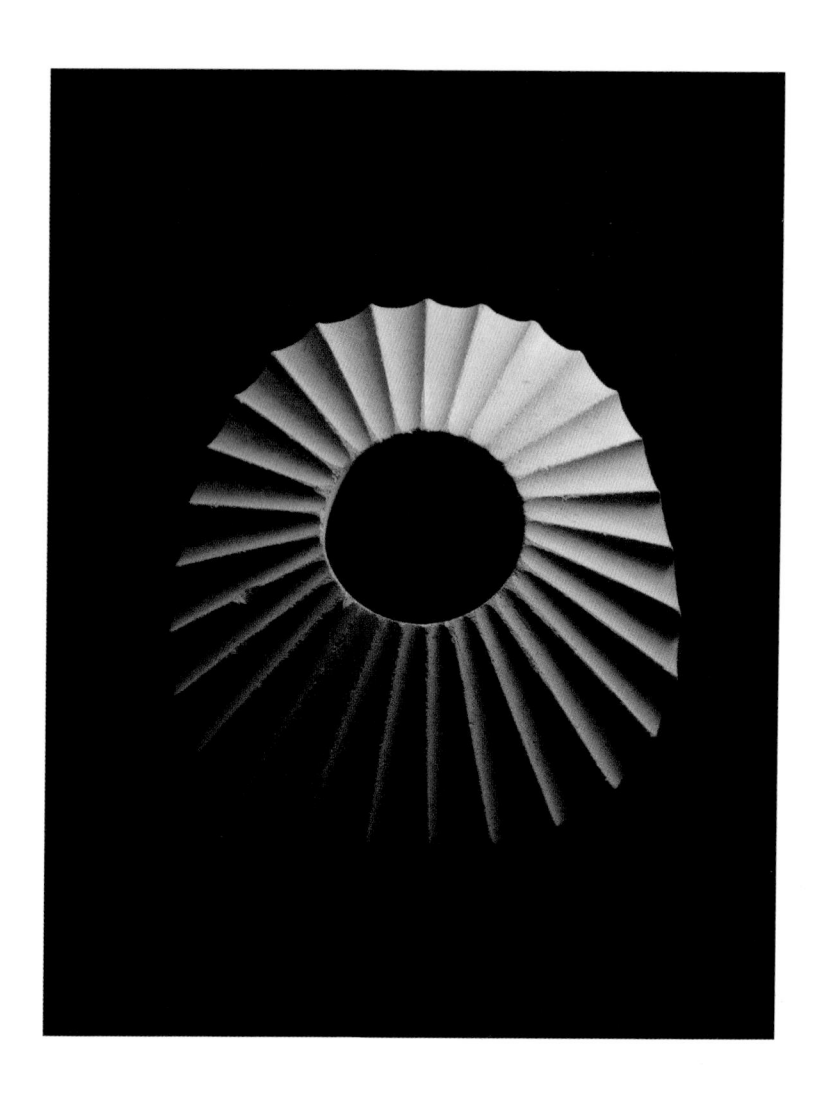

古坟时代

从我买下那对绳文时代的石棒起，我在收集佛教艺术的同时也开始收集考古遗物。其中有一件叫车轮石的手镯，出土于古坟中。与石棒一样，从这个车轮石中，我看到了日本人古已有之的那种对形状的追求。还有一个大概是东北地区出土的绳文中期的女子陶偶，那个名为十字形土偶的身上有两个小乳房，而且，从她的表情中能够隐约看到那种来自性的颤抖与喜悦。当我带着惊讶结束了对母亲的询问调查时，我的脑海里突然浮现出这个土偶的表情。这种"小死"，与绵延了数百代的"死"结合在一起，现在，又与我的生命联系在一起。而我在母亲肚子里的怀胎记忆，就像是被吸入这个土偶的胎中似的，消失了。

利休·现代

当欧洲列强的帝国主义与殖民主义毒牙麇集远东的时候，能勉强躲过这一矛头，并在扭曲的状态下维持国家独立的只有日本。虽然这种转变的敏捷性可以说是日本人的特质，不过，引进并理解外来文化也可称得上是日本自古以来所背负的无法逃避的宿命。

这样说来，我也按照自己的意愿到海外生活，汲取着最先进的现代艺术潮流的同时不断创作自己的作品，积累钻研、反复创新，让自己也成为其中的某个源流，并试图用艺术来对峙现代的不可思议。在我看来，所谓理解西方，就是去发现自己身上的日本式灵性，并利用西方文脉表现这种灵性，使之成为我自己的艺术。大正到昭和初期，欧洲现代主义思潮进入日本的时候，日本的艺术家特别是建筑家是怎样理解这种冲击的呢？思考这个问题，对我来说绝非他人之事，而是与我这半辈子密切相关的事情。建筑家堀口舍己的情况也是如此，引进与融合现代主义，然后再回归日本。

我讨厌被人当成摄影家，我觉得，其实我只是由着自己的兴趣来创作而已，而用摄影这种手段比较多罢了。一旦被称作摄影家，心里总觉得自己好像变成了照相机装置的一部分，有种被做了洗脑手术变成机器的感觉。前些日子，我整天埋头于在制图板上设计一个游泳池。这个长达一百米的单泳道游泳池建在海拔三十米左右的海岸断崖上，两端朝着大海的方向伸出。泳池的方向与春分那天日出日落的方向一致。早晨，游泳者可以在游泳的同时从正面看到日出，意味着以"日出之国"为终点。而日落的时候，游泳者则是以"日落之国"，即西方净土为终点。作为设计者的我，并不保证能够到达哪个目的地，要是真的到达其中一个，那还真就麻烦了。我就像古代补陀落渡海[1]一样，孤身一人向异界渡海而去，于是，我想到了这样一个游泳池，我要将它作为唤醒现代人早已丧失的感性的装置。操纵生死循环的太阳神是日本神道的原型，而昼夜长短均等的春分与秋分，也是农耕礼仪上重要的节日。清洗去垢是为了面对神灵时表达自己的敬畏之情，而在这里，则由浸在淡水里游一百米的行为取而代之。游泳池两端用厚厚的玻璃挡着，玻璃承受水压的同时，也使水面与水平线融为一体。游泳池底用长一米整的条形天然石块铺就，"一米"这个从地球子午线推算出的基准值[2]，就成了通往异界的里程标。从空中看，这条水路又细又长，它灌满了水，闪烁着美丽的光辉，变成了一条百米长的光线，以便神灵降临时有所依附。这是我理想建筑计划的基本设计。

掌握见梦技能是墨西哥印第安巫师修行的一个阶段，也有一种情况是像明惠上人那样在梦的引导之下刻苦修行佛道。我的情况也与偶然发生的事情有关，我的梦就像是那个诱因，当然，也不能否认这之中有着自我暗示的倾向。在描图纸上画出祓濯游泳池设计方案的第二天，我看到报纸头版上印着一张游泳池的彩色照片，与我所构思的游泳池一模一样，我大吃了一惊。新闻的标题和内容是这样写的：

陆自大佐死于宅邸泳池：醉酒闯入、跌落？

11日上午6点20分左右，东京都目黑区东山一丁目某公司社长（男性，59岁）的宅邸中，一名女性亲属（70岁）发现一名男子死于庭院的泳池之中，拨打110报警。该男子为陆上自卫队西部方面总监部（熊本市）的部长级大佐，跌入没有灌水的游泳池底，脸部出血，已经死亡。警视厅认为，该男子很可能是因为醉酒而误闯私宅，结果跌落泳池的。

据目黑警察署的调查，该名男子是跌落在游泳池（长20米，宽3米，深1.4米）中央附近。……社长的宅邸面积宽阔，树木茂密。（《朝日新闻》2008年7月11日晚报）

游泳池的宽度和深度与我的设计一样，只不过长度不是一百米而是二十米。从照片上看，游泳池的表面贴着小瓷砖，平台的铁栅栏已经生锈。估计这个游泳池从完成到现在已经有相当年月了。我感到很奇特，又有种记忆倒错的感觉。几天之后，我接受

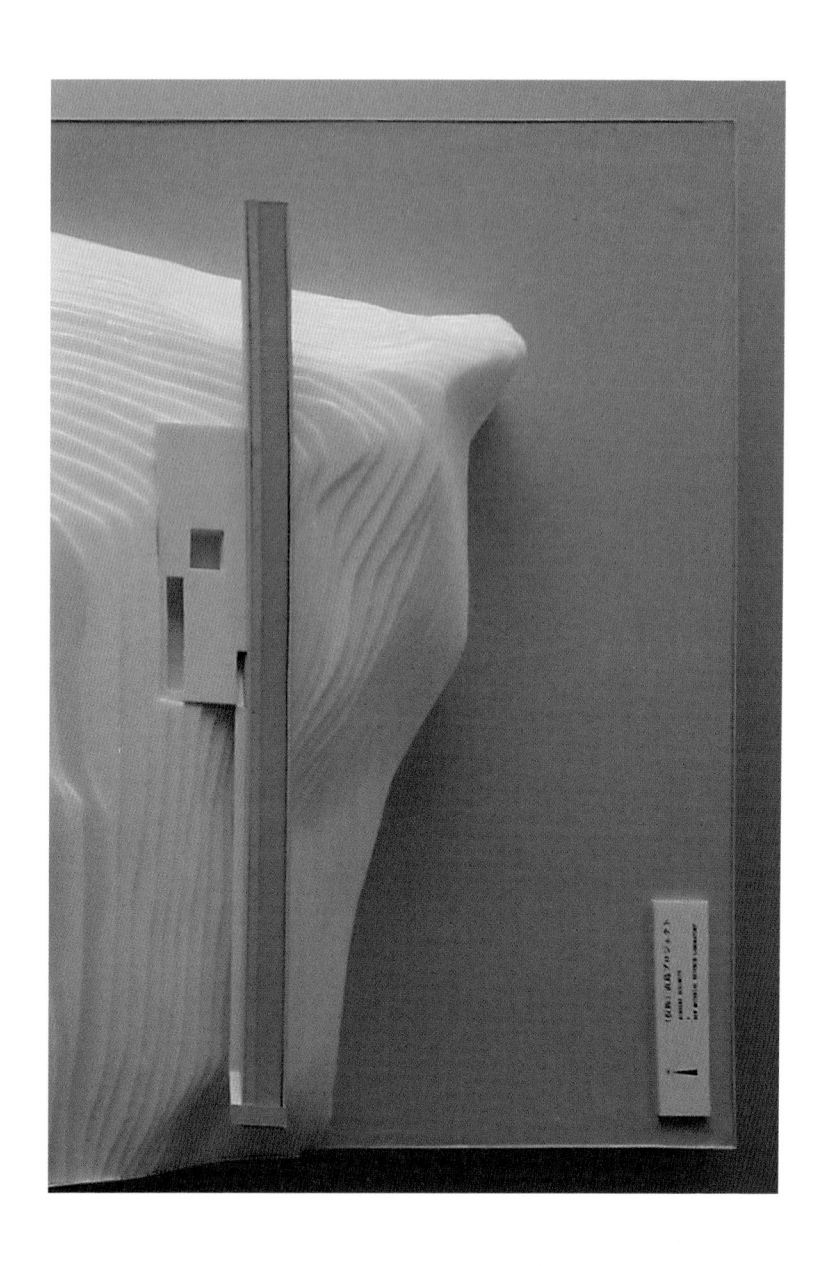

一百米游泳池模型
2008 年

某建筑杂志的采访，谈我对著名建筑家建造的美术馆的看法。这个采访与其说是自己的体验告白，不如说是一种告发。那时候，我就听编辑说起那个游泳池事件。才知道那个游泳池其实是堀口舍己于昭和十四年建的，名为若狭别墅。这座名垂日本近代建筑史的著名建筑至今仍然存在，而我居然完全忘记了这个事情。

大约十年前，那段时期我集中调查过日本的现代主义建筑。事情的发端是因为受洛杉矶当代艺术博物馆的委托，对方计划在二十世纪结束之时做一个综观本世纪建筑的大规模展览，希望与我合作。由于我对建筑史中现代主义的部分比较感兴趣，就接受了这个工作。很多存在半个世纪以上的著名建筑早已老旧不堪，虽风格犹存，却都已是腐朽之物，只是勉强保留着。为了这个系列作品，我选用大画幅相机，并将焦点对在无限远处进行拍摄。关于镜头设计，例如焦距一百毫米的镜头，当我们将焦点对在山这类无限远的拍摄对象时，照相机镜头与胶片的距离就被设计为一百毫米。将焦点对在人物这种拍摄对象的话，那么镜头就要推到这个距离之外，延长到一百五十毫米；而对花朵之类的微距摄影，那就达到两百毫米。也就是说，同样的镜头，镜头与胶片的位置关系是在增大的。那么反方向的话，会怎样呢？远点焦距为一百毫米，那么超出这个远点焦距，将焦点设定在更远的地方的话，又会是什么情况呢？我试着将镜头与底片的距离设定为五十毫米，发现焦点在超出"无限"一倍的地方，对焦在物理上不可能达到的空间。这是马塞尔·杜尚喜欢的想法。用这种方法实际拍摄了之后，拍摄物体被非常美丽地虚化了。或许"融化"这个说法更准确一点吧。

于是我心里有了一种雄心壮志，即通过这种拍摄技法，回到半个多世纪以前建筑家的设计阶段，在他构想建筑的时候，进入他的大脑，拍摄下他脑子里的那个建筑雏形。

这样，我就开始了柯布西耶、密斯、格罗皮乌斯等人的建筑巡礼。花几年时间绕世界一周之后，最后就只剩下远东的岛国日本。这个国家的现代主义建筑代表作有哪些呢？我冥想苦思之后，选择了堀口舍己的若狭别墅（1939）与大岛测候所（1938）。调查之后才知道，虽然若狭别墅现在仍然存在，但已经不对外开放。并且，这座建筑已被改建，原来的样子已经不复存在。于是我放弃若狭别墅，给大岛测候所打了电话。接我电话的职员非常冷淡地回答我："差不多两年前就已经拆毁了，因为实在太旧了。"我愕然了，眼前这个职员完全没有意识到这座建筑在建筑史上的价值。这种包含了圆筒形与立方体的建筑结构，堀口先生称之为"没有风格的风格"。对于风力测定，能够全方位平均受风的圆筒形是最好的。功能自己决定了风格。这就是现代派的理论。我的计划陷入了僵局。我所选的这两个现代主义名作都无法拍摄。我只好退而求其次，选择拍摄建筑家构思完成后的下一个步骤，即接近完成品的模型。幸好明治大学的研究室里还保留着当时大岛测候所的设计模型。我就用超出无限远点一倍的焦距，拍摄了这个只有实物几百分之一大小的模型。拍摄的影像就是用摄影这种虚构方式对模型这种虚构方式的再现。于是，这样的影像就变成一种梦中之梦的幻象。

我马上按照新闻中的地址，去拜访这个若狭别墅。说是拜访，但毕竟是在事件发生之后不久，我也只是打算在外侧看一下它的样子罢了。这座宅邸占地面积 2314 平方米，在都市密集的住宅区中幸存下来。在战前这片沿街的建筑区应该是舒适的郊外住宅地，战败以后已经经历了几代人，在这个过程中，因为难以承受高额的继承税与固定资产税，土地被反复分割，最终被分割成人所能居住的最小单位，分割到近乎疯狂的程度。而且，这些建筑都是预制房屋构件，然后装配而成的，房子变得像积木一样。并且拼凑了世界上所有的建筑风格，古希腊的柱子、维多利亚时代的飘窗、殖民时代的仿砖、出处不明的和式风格……全都用混凝土模仿建造。我陷入了一种既厌恶又敬畏的混乱情绪之中，为现代日本的怪异感到莫名其妙。

若狭别墅就这样被这些积木房子包围着，威风凛凛却暗自生锈。我像挖掘调查古代遗迹一般，心中感慨非常。竣工时的玄关现在被当成后门，却将当初的风貌保留得最为完好。铁制的窗框浮着一层锈迹，外墙上细小的白色瓷砖很多地方都已剥落。后装上的遮阳罩也已经腐烂，像破布一样地耷拉了下来。只有嵌在玄关大窗上的那些玻璃最为醒目，就像是现代主义的象征。这些玻璃块像残存于皇家坟墓中的宝物一样，闪耀着古代玻璃似的暗淡光芒。我努力回忆昭和十四年时的设计图与竣工时的照片，可是，这座建筑经历了一次次的增建。其中变化最大的是当初国际

大岛测候所模型（出自"建筑系列"）
杉本博司 | 2000 年

风格的白盒子式平板屋顶，现在被改成了带斜面的山形屋顶。果然不出我所料，这正是我所担心的。当初的计划是把这座建筑全都建成混凝土构造，然而在施工过程中，因为当时日本在侵华战争中越陷越深，政府下达了战时资源管制令，限制普通住宅使用混凝土。不得已，只好把建筑的一楼做成混凝土结构，二楼部分做成木质结构。但是，木质结构的屋顶，按照平板结构的原理是不可能防水的，当然，当初应该是预料到的。没有风格的风格、功能指导风格这种风格论，在这里出现了破绽。即便堀口只想在外观上用木造方式模仿欧洲现代主义风格也是不可能的。我第一次看到若狭别墅照片的时候，就觉得这房子的实际外观与柯布西耶的萨沃伊别墅很像。据说，战争时期这幢房子在燃烧弹攻击下得以幸存，就是因为有游泳池中的水。然而，面对日本这种亚热带季风气候的雨水，木制的平板屋顶是不可能承受得了的。漏雨的结果就是，这种平板屋顶被换成了传统的山形屋顶。总之，天意弄人，功能最终还是决定了它的风格。

再从功能方面来看这座建筑吧。这幢房子是作为妾宅设计建造的。委托人是涩井清，一位在庆应大学担任讲师的美术史家。

他同时也以浮世绘收藏家而闻名。据说这幢妾宅的主人若狭夫人喜欢游泳与西洋击剑，在战前那个时期，绝对是一名现代女性。根据她的意愿，才建造了游泳池与平板屋顶。事实上，在建造若狭别墅的六年之前，也就是昭和八年（1933），堀口舍己就已经为涩井清在大井建造过一幢房子。这就是冈田别墅，也是一幢划时代的著名建筑。于是，这幢房子才被另外建作妾宅。我像着了迷似的对涩井清这个人产生了强烈兴趣。冈田别墅是涩井为一名不知是新桥的还是赤坂的艺伎冈田寿惠建造的。涩井是她的丈夫。他毫不吝惜地让堀口舍己来设计这幢日西合璧的现代住宅，并且连土地一起送给冈田寿惠。这就是涩井清的做派。这幢房子里建有一个造型抽象的庭院"秋草之庭"，这种造型让我想起了蒙德里安。

我从旧书店买了几本涩井清的著作。其中，昭和七年至八年（1932—1933）刊发的《浮世绘内史》两卷估计是他将自己收藏的浮世绘藏品整理做成的画集。这是冈田别墅竣工前一年的事情。读了他的序文之后，我感到非常困惑。

自序

吾所为之事，经百岁而成虚空，浮世绘之名，经千年或不复存。唯吾信无限世界之人心，方执笔于此。

德川氏之江户，迁为明治维新，因独立自尊与自由竞争之推广，明治之名得以流芳。恰逢欧罗巴大战，又遇帝都大地震，此诚世界巨变之时也。今新东京初建，而资本主义经济与议会政治前路受阻，甚需新男儿之决立。然吾偷一夕之闲，研求三世古腐之游画，视为无价，愚钝至极，为贤圣君子所唾。而今误纂此书，望传于古今第一流才子、天地第一等风流人士之手，怜吾瘦才寒颜，与吾同心，于丑界多情之中添一丝生生流转之哀惜，吾所为之事，不虚也。

昭和七年早梅未谢之成春
涩井清　书

昭和七年，正值大萧条时期。血盟团事件中井上准之助、团琢磨遭到暗杀，上海一·二八事变，五一五事件，建立"伪满洲国"，等等，时局非常不稳。在这样的世态中，涩井清续纳艺伎为妾，请堀口设计建造最前卫的现代建筑，而且还建造了两幢。可即便是他这种有钱的东京府高额纳税者，在当时那样的时代里也一样没有置身之所，这样的委屈与虚无，在序文中表现得淋漓尽致。这种人的处世之道，除了逃入唯美主义之中，别无他法。涩井清昭和十一年（1936）发行的文库本《吉原本》中，序文是这样写的：

序

这是吉原[3]的相关史料。

从各种角度来观察这种旧时代的特殊生活方式。

有从社会思想角度观察的。

也有从艺术角度观察深刻洗练的女子之美与情感之美的。

此书只是一本报告，是一本为从其他角度观察的人而作的指导手册而已。

涩井清直接置身于自己收集的江户时代的浮世绘世界之中。这就是此人身处浮世的处世之道。想来,涩井清这种委托人的存在对堀口舍己而言有着重大的意义。不管怎样,这种胸怀江户时代的精神、住现代住宅的生活是委托人所希望的。于是,堀口发现这种现代主义的建筑手法与千利休提出的茶室建造手法,虽相隔三百五十年的岁月,居然产生了共鸣。关于若狭别墅,堀口是这样描述的:

> 值得复兴的传统精神,应该否定的形式主义,这幢小住宅就是在新世界文化的刺激下,通过这两种理念建造出来的。……我切身体会到,这幢住宅与日本茶室,是可以用相同理念来设计的。例如这个客厅,在建筑上它与日本茶室完全一样,每个角落都立上圆形壁柱,如果将纤维板变成土墙,将玻璃改成障子纸,将绒毯替换成榻榻米的话,就直接可以成为茶室了。我并没有刻意追求这种形式。只是建筑构成理念完全相同,结果也就必然如此。(《日本的住宅造型》,《现代建筑》第二号,1939 年 7 月刊)

堀口在设计冈田别墅时发表过一篇名为《茶室的思想背景与构成》(1932)的论文。这篇论文是第一篇用现代主义理论分析茶室空间中的现代性，柱子、地板、墙壁之间的组合，以及室内几何结构之美的论文。而且，在布鲁诺·陶特推崇桂离宫之前，堀口就已经指出这种结构美。甚至很可能当初陪同陶特游览的日本国际建筑会代表上野伊三郎，是听了堀口的建议才向陶特介绍桂离宫的。然而，由于日本人一遭到外国人的批评就变得很软弱，结果就变成陶特发现了桂离宫的价值。

据说冈田别墅中的秋草之庭是从宗达的秋草屏风中获得灵感的。这种令人惊叹的几何形混凝土池塘，像是要将人引入开放茶室的客厅似的，与没有庭木只有草皮的庭院连在了一起，并闯入了柯布西耶式的客厅，整个构造没有任何不协调，甚至可以说是日西合璧的升华。他建造的这种独特造型，称得上是日本国内特有的国际造型。昭和十六年（1941），日美开战的那一年，正好是千利休三百五十周年祭，堀口发表了《利休的茶室》。卷头的前言是这样开始的：

千利休在今天不仅仅是一名茶人，还是三百五十年前的文化人，是充满创意的知识分子。他既是一名在茶道这种生活构成艺术中，留下许多独创的工艺品、茶室、茶屋及茶庭的工艺家，也是一名建筑家。

实际上，千利休的茶室放在现在已经不再只是单纯的茶室，还是一种高于茶室的建筑。他的茶室中包含了建筑本身的根本问题，是讲述如何用建筑的方式解决本质问题的教科书。在这个问题上，目前应该存有一个寻找利休、接受利休的建筑立场。而这一点，也是现代日本文化的义务。

堀口遇到这位生活方式错位的客户，才得以建造出最新的建筑造型。那名自卫队军官的死最终教会了我很多。这位自卫队军官，在七月某个闷热的夜晚，醉酒误入一座战前的大宅邸。也许在他的眼中，那个游泳池是波光粼粼的吧。而这一个迷幻的水池，却成了他通往黄泉的路标。

［1］ 补陀落渡海：日本古代舍身求法的一种修行方式。"补陀落"即观世音菩萨的净土"普陀"。

［2］ 基准值：一米的长度最初定义是以子午线为基准值的，即通过巴黎的子午线全长的四千万分之一。

［3］ 吉原：指东京都台东区浅草北部，原为妓院区，现为千束的一个地区。

土卫二恩克拉多斯
NASA/JPL/Space Science Institute

连载结束

    2006年3月10日在纽约《时代周刊》上看到的那一眼,让我大开眼界。这一期杂志上有一张清晰的土卫二恩克拉多斯的照片。文章标题写着"土星卫星上有水存在的征兆,可能存在生命迹象"。1997年,NASA发射了卡西尼号土星探测器,七年后探测器进入土星轨道,开始对土星周边进行观测,两年后发回这张土星卫星的影像。

    现在,在这颗似乎覆盖着冰原的卫星表面上,可以明显地看到液体状的流水痕迹。在星星繁多的小宇宙中,有水存在的仅太阳系就有地球,以及土星的卫星,那么广袤的宇宙里,行星及卫星上存在生命迹象的可能性应该是很高的。只不过,目前尚未发现其他天体中有生命及文明存在的迹象。

现在，地球的表面上覆盖着温度适合生命生长的不冻海洋。假设太阳系的历史为四十六亿年，那么相比之下，地球成为现在这种状态的历史并不长。大约在五亿年以前，所谓寒武纪大爆发这种生命急速出现的现象开始在海里产生。人类的出现大约是在五十万年前，而人类进入文明阶段则是大约五千年前的事情。我们的文明时代在宇宙时间中，只不过是一个瞬间而已。

如果在其他天体上也发现水的痕迹，那就说明其上可能有过水，也有过适温的大海、生命的进化以及文明的繁荣。只不过，这样的文明在宇宙时间里，就像萤火虫，像蜉蝣一样，朝生暮死，很可能在冷静而透彻的宇宙环境中，连痕迹都没有留下。

这些文明该不会是创造宇宙的众神为了排遣自己的寂寞而在各个行星上导演的独幕剧吧，从开头写到最后一章。只有在公演期间，众神才给这颗行星灌满水，开心地玩弄着生命的格斗技能。

物质界变幻无常，包括生命在内的一切东西，其实全都存在于变化之中。从地球的命运来看，不论是温室效应让地球窒息也好,还是小行星撞击地球也罢,人类文明都不可能永恒地持续下去。古印度哲学认为,世界就是众神无目的的游戏。在众神的脚本里,人类就像舞台上的文乐木偶一样,只有在登台表演的时候才会被赋予短暂的生命。

  挥别今生挥别今夜

  赴死的人呀

  恰似坟场小径上的霜雪

  一步一步地消融

  梦中之梦何其忧伤[1]

作为木偶剧中的一员,我的夙愿就是希望我的文章能够成为一滴慢慢消失的霜露。而众神在地球剧场里的最后一场公演也即将来临。

在这里,我向诗人建畠哲先生、社会学家见田宗介先生表示感谢,是建畠哲先生让我明白了众神的寂寞,是见田宗介先生让我明白了世界是众神无目的的游戏。同时,向《新潮》杂志的主编矢野优先生表示感谢,是他劝我在杂志上连载这些文章。也向新潮社的田中树里先生、设计师二宫大辅先生表示由衷的感谢,是他们使这些文章成为单行本。

[1] 此段出自近松门左卫门根据真实故事改编的净琉璃戏剧《曾根崎情死》。

主要参考文献

R. D. 阿尔提克《伦敦的演出 II》 小池滋监译　国书刊行会
（The Shows of London: A Panoramic History of Exhibitions, 1699–1862）
《富兰克林自传》 松本慎一、西川正身译　岩波文库
Tomkins, Calvin. *Duchamp: A Biography*. New York: Hery Holt and Company Inc.
Foer, Jonathan Safran. *A Convergence of Birds*. New York: Penguin Books Ltd.
Foer, Jonathan Safran / Sugimoto, Hiroshi. *Joe*. New York: Prestel Publishing
成瀬不二雄《司马江汉：人生与绘画 正文篇》 八坂书房
苏珊·桑塔格《激进意志的样式》 川口乔一译　晶文社
苏珊·桑塔格《论摄影》 近藤耕人译　晶文社
奥田勋《明惠：经历与梦》 东京大学出版会
西山厚《亲近明惠上人之旅》（收录于朝日新闻社编《朝日百科·国宝与历史之旅》朝日新闻社）
小林秀雄《小林秀雄全集·第 10 卷·凡·高书简》 新潮社
石田茂作《佛教考古学论考》全六卷　思文阁出版
折口信夫《亡灵书·身毒丸》 中公文库
乔治·巴塔耶《情欲论》 酒井建译　筑摩学艺文库
乔治·巴塔耶《色情之泪》 森本和夫译　筑摩学艺文库
乔治·巴塔耶《情欲的历史》 汤浅博雄、中地义和译　哲学书房
涩井清《浮世绘内史》 大凤阁书房
涩井清《吉原本》 古版画研究学会
堀口舍己《利休的茶室》 岩波书店
《新潮日本古典集成·古今著闻集》 新潮社
板垣征四郎刊行会编《秘录·板垣征四郎》 芙蓉书房

初次发表

本书文章首次刊登于《新潮》2008 年 1 月号至 12 月号

摄影协助

杜莎夫人蜡像馆，伦敦，英国；马宁别墅，乌迪内，意大利；保罗·盖蒂博物馆，洛杉矶，美国；当麻寺，奈良，日本；明治大学，东京，日本

UTSUTSU NA ZOU by Hiroshi Sugimoto
Copyright © Hiroshi Sugimoto 2008
All rights reserved.
Original Japanese edition published by SHINCHOSHA Publishing Co., Ltd.
This Simplified Chinese language edition is published by arrangement with SHINCHOSHA Publishing Co., Ltd.,
Tokyo in care of Tuttle-Mori Agency, Inc., Tokyo

北京出版外国图书合同登记号：01-2021-6574

图书在版编目 (CIP) 数据

现象 / (日) 杉本博司著；林叶译 . -- 北京：北京日报出版社, 2022.1
ISBN 978-7-5477-4143-6

Ⅰ. ①现⋯ Ⅱ. ①杉⋯ ②林⋯ Ⅲ. ①随笔－作品集－日本－现代 Ⅳ. ① I313.65

中国版本图书馆 CIP 数据核字（2021）第 237646 号

责任编辑：许庆元
助理编辑：胡丹丹
特约编辑：贾宁宁
封面设计：林　林
内文制作：陈基胜

出版发行：北京日报出版社
地　　址：北京市东城区东单三条 8-16 号东方广场东配楼四层
邮　　编：100005
电　　话：发行部：（010）65255876
　　　　　总编室：（010）65252135
印　　刷：北京盛通印刷股份有限公司
经　　销：各地新华书店
版　　次：2022 年 1 月第 1 版
　　　　　2022 年 1 月第 1 次印刷
开　　本：1230 毫米 ×880 毫米　1/32
印　　张：6
字　　数：100 千字
定　　价：78.00 元

版权所有，侵权必究，未经许可，不得转载

如发现印装质量问题，影响阅读，请与印刷厂联系调换